全民阅读·经典小丛书

受益一生的职场寓言

SHOUYI YISHENG DE ZHICHANG YUYAN

冯慧娟 编

 吉林出版集团股份有限公司

图书在版编目（CIP）数据

　　受益一生的职场寓言 / 冯慧娟编 . —长春：吉林
出版集团股份有限公司，2016.1
　　（全民阅读 . 经典小丛书）
　　ISBN 978-7-5581-0134-2

　　Ⅰ . ①受… Ⅱ . ①冯… Ⅲ . ①寓言—作品集—世界
Ⅳ . ① I17

中国版本图书馆 CIP 数据核字 (2016) 第 031314 号

SHOUYI YISHENG DE ZHICHANG YUYAN

受益一生的职场寓言

作　　者：	冯慧娟　编	
出版策划：	孙　昶	
选题策划：	冯子龙	
责任编辑：	姜婷婷	
排　　版：	新华智品	
出　　版：	吉林出版集团股份有限公司	
	（长春市福祉大路 5788 号，邮政编码：130118）	
发　　行：	吉林出版集团译文图书经营有限公司	
	（http://shop34896900.taobao.com）	
电　　话：	总编办 0431-81629909　营销部 0431-81629880 / 81629881	
印　　刷：	北京一鑫印务有限责任公司	
开　　本：	640mm × 940mm 1/16	
印　　张：	10	
字　　数：	130 千字	
版　　次：	2016 年 7 月第 1 版	
印　　次：	2019 年 6 月第 2 次印刷	
书　　号：	ISBN 978-7-5581-0134-2	
定　　价：	32.00 元	

印装错误请与承印厂联系　电话：18611383393

前言
FOREWORD

　　职场如战场，如果没有足够的智慧和勇气，你就很容易成为被打击的目标，甚至无法在职场中立足。因此，如何获取职场智慧，对每一位职场人士来说都是非常重要的。

　　我们都知道，寓言是一种古老的文学形式，擅长用比喻和讽刺的手法阐述哲理和智慧。寓言简短，但意境深远，发人深省。本书把职场和寓言结合起来，精选了60余篇和职场有关的寓言，让你在轻松阅读中收获职场智慧。这些寓言有的来自古代流传下来的经典文集，有的是从世界各大公司的培训教材中撷选出来的。在摘取这些寓言的同时，我们还对其加以整理，对寓言细节进行了文学加工，使这些寓言更加具有可读性。

　　从这些寓言故事中挖掘出的哲理与智慧，涉及职场中的多个层面。把这些寓言故事连缀起来，就是一部既通俗易懂又系统全面的职场教材。

　　可以这样说：本书是职场人士的行动指南。一篇篇令人顿悟的寓言告诉被管理者，在工作中应该持有什么样的态度、信念，实施什么样的行动。一

受益一生的职场寓言

段段让人茅塞顿开的箴言也会告诉管理者，什么是最佳的用人之道，什么是四两拨千斤的管理之法。

总之，本书是渴望获取职场智慧的人不容错过的一本好书。不管你是职场中的管理者还是被管理者，本书都值得你随身携带。你遇到的很多问题，在书中都能找到答案。无论你从事何种职业，本书都会让你受益匪浅！

目录
CONTENTS

受益一生的职场寓言

管理者的必修课：胜任管理的素质

用人的智慧：知人善用很重要

目录
CONTENTS

合作制胜：打造无敌团队

化解职场危机：成为职场达人

受益一生的职场寓言

和市场一起成长：做最好的营销者

树立职场目标：

奋斗起来有方向

爱丽丝与兔子
——先要确立目标

爱丽丝是童话故事《爱丽丝漫游奇境记》中的主人公，是一个可爱的小姑娘。一天，她在梦中去了一个奇妙的地方。在经历种种好玩儿和不好玩儿的事情后，她想回家了。可是，她不知道回家的路怎么走。爱丽丝非常着急，无奈之下哭了起来。就在这时，从旁边跑过来一只兔子。她急忙问道："小兔子，我忘了回家的路，你能告诉我应该怎么走吗？"

兔子回答道："小姑娘，你问我应该怎么走，我觉得这个并不重要，重要的是你要到哪里去呀！"这个回答很值得玩味。是的，怎么走并不重要，重要的是你要到哪里去。

职场箴言

作为一个职场中人，你应该有"目标意识"，并随时为自己制订详细的职业规划——也就是未来一段时间内，你的所有行动将要达到的预期结果。这个目标具有激励、引导的作用。没有这个目标，你的奋斗就没有了方向，你在人生的道路上就很容易迷失自己。

经典案例

1952年7月4日早晨，加利福尼亚海岸浓雾弥漫，能见度很低。这个原本普普通通的日子却因一个女人不寻常的举动而变得特别起来：现年34岁的弗洛伦斯·柯德维克即将从34公里之外的卡塔林纳岛出发，游泳穿越海峡，踏上加州的沙滩。如果这个计划成功了，柯德维克将是世界上第一个游泳穿越这片海峡的女性。此时，不仅海边站满了工作人员、媒体和围观者，还有数千万观众坐在电视机前收看实况转播，人们都很关注她的挑战能否成功。

7月份虽然是夏季，但清晨的海水仍旧很凉。柯德维克出发了，海上的雾气比岸上还要浓，她完全看不清周围的事物，甚至包括身边不远处的救护船。时间渐渐流逝，柯德维克深知：寒冷是她最大的障碍，比疲劳还要危险。她尽管不停地游动，但还是逐渐被冻得四肢麻木了。15个小时过去后，雾依旧很浓，她完全看不到目的地，寒冷让身体达到了忍耐极限。尽管救护船上的母亲和教练不断鼓励她，她还是无奈地放弃了挑战。上船后，工作人员对她说：这里距离终点只有不到1公里。渐渐恢复体力的柯德维克很沮丧，面对记者的采访，她说出了自己中途放弃的真正原因不是寒冷难耐，而是心理问题：雾很浓，自己完全看不到目标，于是丧失了信心。

柯德维克小姐称得上一位游泳好手，却因为看不见前进的目标而错失了一次成功的机会。沉浮于职场中的人们何尝不是如此？如果你想迎接挑战，成为竞争中的胜利者，那么就先给自己树立一个明确的目标吧！

老鼠和猫
——目标不是空想

谷仓里的老鼠受到猫的追捕和偷袭，整日生活在惶恐之中。为了摆脱这种困境，老鼠们聚在一起开会，商讨如何对付那只可恶的猫。在讨论中，老鼠想出了很多办法，可是这些办法一一被推翻了。这时候，有一只小老鼠说："我们在猫的脖子上挂只铃铛，只要猫一动，铃铛就会响，听到铃铛声后我们迅速逃跑，猫就会扑个空。"这个建议得到了众鼠的一致赞同。

可是，问题又来了：这个方法虽然很好，但谁去把铃铛挂在猫的脖子上呢？众鼠面面相觑，沉默不语。

空想容易，而实践很难。尽管这个道理容易懂，但在现实中还是有很多人沉溺于空想，结果一事无成。作为一个优秀的职业人，你所有目标、计划的新鲜出炉，都应该以实际状况为基础，符合现实。如果你的目标源于空想，那么它只能是一个梦，看似美丽，但毫无价值可言。

经典案例

牟其中，南德集团前董事长。他曾是中国的"首富"，同时也是中国的"首骗"。有人说他是一个把口号喊遍全中国的富豪。在既没有充足的资金也没有强大的管理体系的情况下，他竟然制订了这样的目标：把满洲里打造成北方的香港。牟其中还计划在此地投资100亿元人民币，但实际上，南德公司在满洲里的总投资还不到1亿元人民币。

除了这个目标，牟其中还有一个目标：打造"牟氏火锅"。1993年6月，牟其中在重庆举行了大型新闻发布会，宣称要与重庆大学合作以改造重庆的山城火锅，并在5年内实现年销售额达到100亿元人民币的目标。此目标何其美好！可是因为没有充足的资金，没有细致的市场调查，他的"麻辣烫火锅快餐公司"早早地就关门歇业了。牟其中的宏伟目标总是昙花一现，最终他也因诈骗罪而被捕入狱。从牟其中的故事中，我们可以得出一个结论：在制订目标时，如果抛开现实，一味空想，那么只能惨淡收场。

向黄鼠狼挑战的老鼠
——认清自己

老鼠和黄鼠狼交战，几个回合下来，老鼠总是失败，伤亡惨重。残兵败将们集合在一起开会，说："我们之所以屡战屡败，是因为没有元帅统领咱们作战。"于是，众鼠选出一位年富力强的老鼠做元帅。为了让自己看起来更威风，这只老鼠找了几根木枝，将其绑在头上当犄角。

它这身行头镇住了洞里仅余的老弱残兵，他们纷纷奉承说："元帅真威风！""仅凭元帅头上的犄角，我们就能打败黄鼠狼！"这只老鼠听了这些话后心里美滋滋的，似乎看到了黄鼠狼在自己面前发抖的狼狈样子。

没过多久，黄鼠狼再次挑起战争，这只老鼠得意扬扬地率领老弱残兵出战。可是情况依然没有改观，老鼠根本不是黄鼠狼的对手。转眼之间，又有无数老鼠牺牲了。看到这种情景，鼠群惊慌而散，老鼠元帅也吓得心惊胆战，转身就跑。可是到了洞口，其他老鼠都很顺利地钻进去了，它却因头上的犄角而被卡在了洞口，被黄鼠狼一把抓住。

黄鼠狼说："假如你是一只狼，你没有犄角我都会害怕。可是你只是一只老鼠而已，插再多的犄角也还是老鼠。"说完，黄鼠狼就把它吞进了肚子。

职场箴言

老鼠和黄鼠狼打架就犹如螳臂当车，是件很荒诞的事情。在没有实力做好一件事情的时候，即使把自己伪装得很有实力，也于事无补。作为职场人士，在实现目标的时候，一定要认清自己，实事求是地谋求发展，否则，不但无法实现目标，还会白白花费力气。

经典案例

联想总裁柳传志将带领联想走出国门作为自己职业生涯的一个目标。但是对这一目标，他始终保有清醒的认识。他认为，实现这一目标，挫折和困难是不可避免的，但最可怕的是过分高估自己的实力。

基于这一理念，2000年，柳传志拒绝了收购IBM个人PC业务的提议，因为他认为此时联想在行业内的实力还不足以掌控这一领域，实现联想走出国门这一目标的时机尚未成熟。2003年，经过联想人两年的努力，联想实力大增。此时，柳传志认为，实现目标的时机成熟了，于是他开始着手收购IBM个人PC业务。2004年12月8日，联想正式收购IBM个人PC业务，迈出了实现全球化战略目标的第一步。

柳传志审慎地衡量自身实力，在认清自己的基础上计算出现实与目标之间的距离，最终有计划有步骤地实现了目标。他这种审慎、求实的态度也正是身为职业人的你应该具有的品质。

猴子掰玉米
——不要轻易改变目标

一只猴子在树林里没事做，于是打算出去找点吃的当作消遣。它先来到一片玉米地里，被饱满的玉米棒馋得口水直流。猴子迫不及待地掰下一个。它看看周围，前面那个玉米棒似乎比这个更大，于是扔下手里的这个去掰前面那个更大的。掰到后，它再看看，前面那个似乎更好，手里的这个又扔掉了。如此反复，它最后终于找到了一个让它满意的玉米棒。在回家的路上，猴子又看到了一片西瓜地。这下它更乐了，马上扔下玉米去摘西瓜。和掰玉米一样，它又是精心挑选，扔了一个又一个，好不容易选了一个大西瓜，心满意足地往家走。

这时，旁边忽然蹿出来一只兔子，猴子想都没想就扔下西瓜去追兔子。天黑了，兔子钻进了洞，猴子怎么也找不着它了。于是，这只猴子两手空空回家去了。这一切，树上的猫头鹰全都看在眼里，它笑着说："三心二意的家伙，这就是你应得的后果啊！"

职场箴言

一位成功的职业策划人曾说："很多人遭遇失败的原因就是找不准自己的职业目标。"你在制订目标时要审慎，而一旦确立了目标，就应该坚持自己的目标。如果你不能坚持自己的目标，那么就很容易为短期利益所左右，东一榔头，西一棒槌，力气消耗不少，但做不成一件事。

经典案例

小李刚走出大学校门时，对于未来从事哪个行业，并没有明确的目标。不过，因为家境贫困，他在找工作时以"钱"作为衡量工作好坏的标准。

在毕业后的几年内，他基本是每年换一份工作。他最初在办公室做文职，后来见保健品市场很诱人，于是辞去文职，到一家生物制药公司做推销员。时间不长，保健品行业每况愈下，市场越来越小。这时，恰好一位朋友给他推荐了一家营销策划公司，待遇不错，于是他马上去报到上班了。策划公司收入虽然不错，可是离他理想的收入还有一段距离。在一次同学会上，一位老同学告诉他，自己刚开了一家小型贸易公司，"钱"景不错。他一听就动心了，正好老同学这边也需要帮手，两人一拍即合，他马上加入了贸易公司。一年后，公司的生意越来越不好做，他见赚不到什么钱就又去了广告公司。时间不长，他发现到处都是拉广告的业务人员，于是又去做了报社记者……

总之，只要有别的公司比自己现在所在的公司挣的钱多，他都会立马辞职，赶去那个公司。在反复折腾的过程中，他看似也赚到了一些钱，可是仔细一核算，他失去的更多。他跳到哪个领域都是新人，他换了多份工作，可是无一精通。再看看和他一同毕业的同学，不少人都成了某一个领域的翘楚，享受优厚的待遇，虽然工作之初他们的待遇并不算好。

一开始，小李还为自己能玩转多个领域，有超强的适应能力而得意扬扬。可是，如今他已发现，自己就好比一只青蛙，从池塘里的这片叶子跳到另一片叶子上，始终没打下自己的根基，也没能实现自己的愿望。

国王驭车术
——淡化功利心

从前，有一个国王，一心想学习驾驭战车的技术，于是找到了当时最著名的驭手并拜其为师。国王学习了一段时间之后，自认为已经掌握了驭车的全部要领，忍不住要与驭手比试一下。

比赛中，国王一心想取胜：落后的时候，他拼命追赶；领先的时候，他又频频向后望，生怕被驭手赶上。二人一共比赛了3次，国王换了3匹马，可是都以失败告终。赛后，国王怀疑驭手没有把驭车的真本领全部交给他。驭手无奈地解释道："国王，技术我已经毫无保留地全教给您了，但要想赢得比赛，您就得把全部的注意力放在如何调理马上。可是比赛时，您患得患失，一心只想着赢，把注意力全部集中在我的身上，却不管您的马和车。国王，您失败的原因在于您的功利心太重啊！"

职场箴言

在这则寓言中，国王通过学习拥有了良好的技术，他自己的目标也很明确，可是因为他太在乎一时的得失，所以在比赛中输了。这就说明一个道理：目标制订和目标执行都很重要，而且目标执行中功利心不能太强。现实中，很多人都会像寓言中的国王一样，因为功利心太重，一心只要结果，却忽略了过程的重要性。

经典案例

在阿里巴巴网站成立初期，马云一心想将其发展壮大，让它真正成为中国人自己的电子商务网站。为了让网站成功运营，马云到处筹资，但在具体谈判中他却不以金钱为重。虽然创办网站的最根本目的是盈利，但马云说："我觉得无论做什么事，都要避免功利心。"

经过几番谈判，马云与日本软银达成协议：软银投资3000万美元。可是马云很快发现对方给的钱太多了，于是对软银董事长孙正义的助手说："网站的运营有2000万美元就足够了，钱太多了并不好。"

孙正义的助手很惊讶，这个世界上竟然有人会嫌钱多，而且到手的钱还不要，简直太不可思议了。可是在马云看来，当时他的团队不到60人，能掌握的钱最多也就2000万美元，过多的钱便意味着浪费，而且对企业也没有好处。谨慎计算每一笔投入，精确计划如何实现目标，这是马云做事的原则。马云避免功利，一心关注目标的做法，使阿里巴巴不断朝着更加稳健的方向发展。

揠苗助长
——目标不能一蹴而就

一个农夫每天都去地里干活儿，早出晚归，非常辛苦。时间一长，他就疲惫不堪了。他想：如果庄稼苗能很快长起来，就不用每天施肥、锄草、松土了，那该多好呀！

一天，农夫劳作了一段时间后坐在田间休息，看着田里小小的禾苗，焦急地说："禾苗呀，禾苗，你们赶快长高吧！"突然，他的头脑里掠过一个念头：哎呀，我怎么早没想到呢！这样一来，禾苗很快就能长高了。想到这里，农夫立刻站起来，又投入劳动……

太阳都落山了，农夫还在田里忙碌。这时候，他的妻子已经做好饭菜了。他的妻子等了很久，门终于开了，农夫大汗淋漓地回来了。他一进门就高兴地告诉妻子和儿子，今天他们的禾苗长高了很多。

农夫的妻子非常纳闷：禾苗怎么会忽然长高呢？第二天一大早，她让儿子跑到田里去看。天哪，田里的禾苗全都蔫了！原来农夫把所有的禾苗都拔高了！

职场箴言

俗话说："一口吃不成个胖子。"实现目标也是一样，不可能毕其功于一役，而应该循序渐进。也就是说，当你现阶段的职业目标实现后，再考虑下一阶段的目标。如果越过某一阶段而勉强进入较高阶段，就可能会带来不良后果。揠苗助长的农民最终一无所获便是很好的明证。

她是个"70后"的湖南妹子，家境不好，人也普普通通。

1987年，14岁的她在益阳的一个小镇上经营茶水摊子。镇上的茶水都是1毛钱一杯，可她家的杯子比别人家的大一圈。生意好做，她的脸上也总是带着笑容。

1990年，17岁的她有了新目标，把茶水摊开到益阳市里。为了迎合客人口味，她改卖当地特有的"擂茶"。茶水的制作工序烦琐，但收入不错，她虽忙碌却仍旧很快乐。

1993年，20岁的她仍然经营着茶水生意，不过是将"益阳街角""车

子棚子"，变成了"省城长沙""小店香茶"。客人来来往往，非常享受这杯中散发出的浓郁茶香，临走的时候，也许还会买上几袋茶。

1997年，24岁的她是个风华正茂的年轻姑娘，也是个拥有37家茶庄的女老板。在江浙、福建等产茶地的茶商圈子里，她已经赫赫有名。

2003年，30岁的她实现了自己的目标：把茶庄开得更远，开到那些人们习惯喝咖啡的地方去。于是，她的分店出现在了香港和新加坡。

这是一个脚踏实地逐步实现目标的标准范例。从经营茶摊的小女孩到成功的茶业女强人，她用了10多年的时间，奉献了自己的青春。"骐骥一跃，不能十步；驽马十驾，功在不舍。"从中足以见得：实现目标绝非一日之功，只有一步一步往前走，最终才能到达成功的巅峰。

小闹钟的3200万次
——学会分解目标

钟表店里有两只大钟表，它们不停地发出嘀嗒嘀嗒声。后来，一只刚组装好的小钟表也被放进了柜台。其中一只大钟表对小钟说："年轻人，你也要开始工作了。你得走3200万次呢，不过我担心你做不到。"3200万次，多么巨大的一个数字呀！小钟一听就直摇头："3200万次，无论如何我也完成不了呀！"

另一只大钟忙说："年轻人，你不用怕。这其实很简单，你只要每秒钟摆一下就行。"每秒钟摆一下，那不是很简单的事情吗？于是小钟决定尝试一下。后来，它发现这件事情做起来很轻松。不知不觉，它已经走了3200万次。

职场箴言

目标分解就是一个建立目标体系的过程，它的前提是明确目标。具体来讲就是在明确目标后，将总体目标从不同方面、不同角度分解到各层次、各步骤，甚至具体到每时每分。如果你能为自己的总体职业目标建立一个科学合理的目标系统，就可以有计划、有步骤地在最短的时间内完成全部工作，最终使总体目标得到有效实现。

经典案例

在1984年的东京国际马拉松邀请赛中，日本选手山田本一一鸣惊人，夺得了世界冠军。后来记者采访他为什么能取得冠军，他回答说："用智慧战胜对手。"1986年，意大利北部城市米兰举办了意大利国际马拉松邀请赛。这一次，山田本一代表日本参加比赛并再次夺得冠军。当记者采访山田本一时，他还是很简短地回答说："用智慧战胜对手。"

山田本一所说的智慧是什么？直到10年后人们读他的自传时，这个谜团才被揭开。

他在自传中说，每次比赛之前他都会乘车仔细观察一下比赛的线路，然后一一记下沿途所有的标志性事物，比如银行、参天大树、红房子等。比赛中他会以百米冲刺的速度冲向第一个目标，这个目标实现后再冲向第二个目标，如此反复。漫长的赛程被分解成几个小阶段后，比赛就轻松了很多。

山田本一说，其实自己开始的时候也不知道这个道理。当他把目标定在终点线上那面代表胜利的旗帜上时，他发现自己往往没跑多远就已经坚持不住了，因为自己已经被前面那段遥远的路程吓倒了；而当他学会了分解目标，一切都变得简单起来。

个人发展之术：
从职场扬帆而起

吃不到鲜肉的鬣狗
——做业内最出色的一员

当高傲的狮子在草原上搜索着下一个猎物时，它身后不远处总会有几只徘徊的鬣狗。它们用奉承的眼神看狮子，用贪婪的眼神看狮子身后残留的食物。为了能吃到一些剩下的碎肉，它们总是小心翼翼地跟在狮子身后，跟近了怕惹恼狮子，跟远了又怕错过美食。

在狮子的心目中，这些鬣狗不过是一群甩不掉的可怜虫，只要它们不打扰自己捕猎，自己也就睁一只眼闭一只眼，完全不必在乎它们。因此，狮子虽然很不喜欢这群跟班一哄而上地抢食，但为了显示自己的王者风范，它仍旧会故意剩下一点儿碎肉。

狮子吃饱后，脸上带着满足的神情转身离开了。这群鬣狗马上以最快的速度冲上来，大口大口地抢食着剩下的皮肉，瞬间将皮肉一扫而光。旁边的灌木上落着一只云雀，它歪着头嘲笑这些鬣狗："你们这群一辈子跟在王者身后的可怜虫，也就只配啃啃剩骨头！"

职场箴言

俗话说："宁为蛇头，不为牛后。"寓言中的狮子和鬣狗，前者威风凛凛，可吃到新鲜的美食，而后者卑躬屈膝，只能吃残羹冷炙。这个道理同样适用于职场中的人，只有力争上游，成为业内最优秀的人，才可能获得最大成功。有些人不愿意自己动手，只想坐享其成，结果不但不能在事业上取得成功，反而会被职场淘汰。

经典案例

在大学时代，野田圣子曾利用假期在东京帝国饭店打工。刚刚参加工作时，她就被派去打扫洗手间。第一次蹲下来刷马桶时，她非常不适应，差点当场吐出来。咬牙忍了几天后，她觉得像自己这样爱干净的女孩子，根本无法忍受做这种事情，于是要提出辞职。

在她说出了自己的打算后，同组的一位前辈一声不吭地接过工具，开始仔细地刷面前的马桶。不一会儿，马桶就变得闪闪发光，像新的一样。而前辈随之做出的事情让野田圣子更加意外：只见她弯下腰，从马桶里舀了一杯水，然后一饮而尽。前辈如此专业的工作态度深深感动了这个年轻的姑娘，她为自己的行为感到羞愧。她立下宏志："就算一生都要刷厕所，也要做个刷得最好的人。"从那以后，她再也没提过辞职的事。培训期结束时，野田圣子也自豪地从自己刷好的马桶中舀了一杯水喝掉。

野田圣子凭借着这种争做最好的精神，从饭店的清洁工一路做到了最出色的管理者。中青年时期，她步入政坛，并很快得到日本首相的认可，先后出任内阁邮政大臣和消费者担当大臣，成就了自己的人生。

猫和麻雀
——在职场中保持独立

麻雀和猫是多年的老邻居，它们俩同一天出生，住在同一个弄堂里，感情非常要好。麻雀性格活泼，整天叽叽喳喳说个不停，喜欢不时地用尖嘴逗逗猫，还会帮猫梳梳毛；猫性情温和，对小麻雀的打打闹闹总是表现得很宽容，而且时刻小心着不让自己的利爪伤到它。

一天，麻雀的表哥大山雀来玩儿，就住在麻雀家里。不知为什么，两兄弟竟然吵了起来。麻雀个子小，嘴又笨，吃了不少亏。它很生气，就对猫说："这个家伙太过分了！是朋友的话你就帮我教训它！"

凭着多年的交情，猫也觉得这件事自己义不容辞，就跑到大山雀面前，恶狠狠地说："你这个小子，竟敢跑到我们的地盘上撒野！你欺负我的朋友，我是绝不会袖手旁观的！"说完，一口将大山雀吞了下去。就在此时，猫突然意识到：原来麻雀的味道这么好。于是，它本能地转过头，将自己的老朋友也吞掉了。

职场箴言

在职场中，有很多像麻雀那样的人，他们凡事都求助于他人，时间一长，就养成了依赖他人的习惯。但是，路要自己走，饭要自己吃，过分依赖只会让人产生反感，而且会给今后的人生带来很大阻碍——只有依靠他人的帮助才能完成工作，谁愿意聘用这样的员工呢？

经典案例

小珂是重点大学的外语系本科生，刚毕业就被一家著名外企聘为经理秘书。她的经理也很年轻，是公司有名的"钻石王老五"，为人友善，不仅请小珂吃饭、喝咖啡，还会亲自开车送她回家，而且经常会对她说："你真的很优秀，又漂亮又能干。等我调职了，你肯定是接班人。"经理的言行让初出茅庐的小珂受宠若惊，她甚至有些头晕，想着：这样自己在公司就有了依靠，说不定很快就能升职呢！

正当小珂继续做着美梦的时候，这位"王老五"在领完年终奖金后突然跳槽走了，老总很快又从别的部门调来了一名新经理。小珂顿时慌了，当晚就给曾经的经理打了个电话，旁敲侧击地问他为什么不安排一下再走。没想到，他居然一改往日的温和，一板一眼地说道："小珂，你刚加入公司多久？再锻炼锻炼吧，祝你好运。"

结果，小珂因为从前有经理做靠山，并没有努力地提高自己，所以新经理到任不久，她就因为业务平平而被下放到基层部门去了。

社会学研究表明，女性尤其是刚刚步入职场的女性，大多显得很柔弱，更容易得到周围人的帮助，当她们过于依赖这种帮助时，就很容易发展成"依赖症患者"。如果你发现自己在不知不觉中患上了"依赖症"，那么就要小心了：你很可能因为这种依赖而失去自我，变成可有可无的附属品。摆脱依赖他人的习惯，重新找回自己的价值，你才能取得成功。

披上狼皮的狐狸
——不要简单模仿他人

从前，有一只梦想着变成狼的狐狸。这只狐狸总觉得狼的本事比自己强，能够逮到更大的猎物，心想自己最好能像狼一样尝尝肥羊的味道。于是它找到狼，先奉承了它一番，然后恳求它教给自己一点本事，帮自己成为一只能抓到肥羊的狐狸。

狐狸的话说得很动听，狼不禁得意扬扬，答应了狐狸的请求。"刚刚有头不知好歹的小狼跟我抢猎物，被我杀死了，你去把它的皮穿上吧！然后我会教你一些必要的本事，让你甩开牧羊犬，抓住肥羊。"

狐狸很高兴，连忙披上狼皮，按照"师傅"教授的要领一丝不苟地练习着。开始，狐狸的行动还有些生涩，可它凭借自己灵活的头脑，把自己的一举一动练习得越来越像狼。没过多久，它的行为举止就跟狼相差无几了，足够以假乱真。

这时，远处恰好走来一群羊。狐狸决定去练练自己的身手，于是悄悄地朝羊群靠近，然后照着狼的样子猛扑上去。羊群顿时大乱，羊儿们拼命地向四周逃窜，一只年幼的小羊力气不济，三两下就被披着狼皮的狐狸按住了。

狐狸心里笑开了花，正准备享用美餐时，突然听见一阵鸡鸣。它习惯性地抬头一看：眼前不远处竟然有只肥大的公鸡！口水流出来的狐狸马上将学狼的事情抛到了脑后，它扔掉了身上的狼皮，放掉了到手的羊羔，乐颠颠地朝公鸡蹿了过去。

职场箴言

狐狸模仿狼，以为就能成为狼，事实证明，它是错误的。这因为狐狸与狼有着不同的禀赋，它不可能做成狼所做的事情。这对职场人士的启示就是：要想有所发展，不可简单模仿他人的成功之路。正所谓"神兵非学到，自古不留诀"，成功不是模仿来的。如果生搬硬套他人的发展策略，不结合自己的实际情况，那是行不通的。

经典案例

著名电影大师卓别林刚刚入行时，选择走模仿当红明星的路线，过了很久，依然默默无闻，丝毫不能引起观众的兴趣。终于有一天，他明白做别人永远不会成功，做自己才是真理。于是，他开创了属于自己的表演方式，在电影史上留下了浓重的一笔。

玛丽·马克希莱德是一个地道的密苏里州乡村姑娘，刚出道时曾在电台上模仿一个爱尔兰谐星，节目播放之后却没有引起观众的注意，直到她完全放开，以真面目示人时，才一炮走红，为众人所熟知。

金·奥催曾经到处宣称自己来自纽约，并刻意掩饰自己浓重的德州乡音，故作时髦的打扮，反而遭到了众人的嘲讽。等到他重拾信心，弹三弦琴唱乡村歌曲时，人们才领略到了他的独特魅力。

艾默生在《自我信赖》一文中写道："一个人总有一天会明白，嫉妒是无用的，而模仿他人无异于自杀。因为不论好坏，人只有自己才能帮助自己，只有耕种自己的田地，才能收获自家玉米。上天赋予你的能力是独一无二的，只有当你自己努力尝试和运用时，才知道这份能力到底是什么。"不要掩饰自己的本质，刻意模仿他人，因为只有走真正适合自己的道路，才有可能取得成功。

亮丽的羽毛
——别自视过高

传说，大鹏鸟的翅膀上有一根与众不同的羽毛，它色彩绚丽，在阳光的照射下闪闪发光，因此经常引起其他羽毛的羡慕。这根羽毛渐渐变得傲气十足，不可一世，看别的羽毛时总是摆出一副鄙视的神情。

有一天，这根漂亮的羽毛得意扬扬地向同伴宣布：大鹏鸟腾飞时之所以显得宏伟壮观，全是它的功劳。同伴们无法否认它的魅力，只好表示赞同。于是漂亮的羽毛更加骄傲，更加自恋，竟然对同伴说："在所有的羽毛中，我的贡献最大。没有我，大鹏鸟不可能扶摇直上九万里。"

之后，它四处炫耀自己的美丽，到处夸耀自己的功劳，变得愈加目中无人。直到有一天，它宣布："大鹏鸟已经配不上我的美丽，它甚至是我的累赘。它那么庞大，只会压抑我的自由，离开它，我才能飞得更高，得到更多人敬仰！"然后，它奋力一挣，从众多羽毛中脱离了出来，随风飘远了。还没等它高兴多久，风停了，它渐渐地落到了地面上，与泥水为伍，被人们踏来踏去，早就失去了昔日风采。

职场箴言

自视过高的羽毛终于尝到了恶果，这对职场中的人未必不是一个警示。在职场中，有些人确实工作做得很出色。但是，如果因此就认为自己比他人优秀，甚至目中无人，把所有的功劳揽上身，那么他也终会像那根羽毛一样，跌进尘土里。

李先生从事人力资源工作多年，阅人无数，有一个人给他留下了深刻的印象。

那是一个高大帅气的市场部员工，人们都叫他小周。小周才华横溢，口齿伶俐，在面试时深深地打动了所有的考官，竟然获得全票通过。他也从此一举成名，在公司里无人不识。

过了一段时间，大家逐渐发现：在每周一次的市场业务例会上，小周总是滔滔不绝地发言，其他同事根本没有机会交流工作、讨论业务；每当制订工作计划时，小周总是不停地炫耀自己的方案多么完美，对别人的方案则挑三拣四，一旦有人提出反对意见，他甚至不惜争个面红耳赤，直到对方认输为止。

日复一日，小周靠着自己出众的口才几乎"打败"了公司里所有的同事。大家对他的行事方式一忍再忍，不愿硬碰，处处躲着他的"唇枪舌剑"。渐渐地，他被所有同事孤立了。可是，小周并没有反省，而是觉得自己是公司最出色的员工，对公司的贡献最大。最后，连客户也开始投诉他"能言善辩"，纷纷表示不满，要求他的上司加以约束。于是，领导不再重用他，很少派他去洽谈业务。就这样，小周变成了公司里的一个大闲人，他感到来自周围的压力，于是主动辞了职。

自信是一种优秀的品质，可自信过度膨胀，就会成为致命的硬伤。自视过高的人，永远会摔得更痛。

知更鸟和山雀
——不断实现自我增值

在20世纪30年代之前，英国牛奶公司送到顾客门口的牛奶，奶瓶没有盖子也没有封口。这下可便宜了山雀与知更鸟。每天它们都相互招呼着去喝奶。时间一长，人类不高兴了。后来，牛奶公司用铝箔把奶瓶口封了起来。这下，它们没有办法直接喝到牛奶了。

知更鸟见喝不到牛奶，于是飞走了，开始寻找其他食物。而山雀却没有放弃，它们躲在树上，看人类如何喝牛奶；有时，趁人类不注意，它们依然围在瓶子周围，用嘴敲敲打打，试图喝到牛奶。

最终，山雀通过学习和实践，学会了如何把奶瓶的铝箔啄开，它们可以继续喝它们喜欢的牛奶了。而知更鸟却享受不到牛奶的美味了。

职场箴言

作为一名职业人，能否不断实现自我增值，是衡量你是否优秀的重要指标。只要你留心观察就能发现，优秀员工之所以能出色地完成工作，是因为他们有丰富的知识做根基。而这一点，只有通过不断学习才能达到。所以，想要成为一名优秀职业人，让自己的发展前景越来越广阔，你必须将自我增值进行到底。

经典案例

彼得·詹宁斯是美国ABC的王牌主播人。他年轻时受到的教育并不完整，但这并不妨碍他在工作中有突出表现。因为，他在实践中虚心学习，不断完善自己。1965年，他成为美国ABC晚间新闻的当红主播，不过3年后，他离开主持人的位置，做起了记者，开始到新闻第一线磨炼自己。经过此番历练，詹宁斯的阅历更加丰富，他的新闻报道技巧也有了很大的提高。彼得·詹宁斯已由一个初露头角的年轻人，成长为世界知名记者，并顺利地重新做回了主持人。

在职业生涯中，千万不要忽略了工作这一课堂。就像彼得·詹宁斯那样，你要在工作中不断完善自己，提高自己的素质和执行能力，让自己变得更加强大。

搬家的猫头鹰
——忙着跳槽，不如完善自己

在一片茂密的森林里，住着很多鸟儿，猫头鹰也是其中一员。这几天风和日丽，鸟儿们都在枝头欢快地唱歌，只有猫头鹰整天在林中飞来飞去，显得很忙碌。它的邻居斑鸠感到很好奇，忍不住问道："伙计，你为什么这么忙？"猫头鹰停下来喘了口气："因为我要搬家。""为什么？你在这里出生、长大，这就是你的家啊！为什么要搬走呢？""唉！"猫头鹰长叹了一声，"我也不想离开，可是这里的朋友们都讨厌我，不喜欢我的叫声。"

斑鸠理解它的处境，于是安慰道："别伤心，虽然你的声音确实不太动听，尤其在夜晚，吵得我们没法休息，但这都可以改变啊！你只要注意一下，尽量别太大声或是别在晚上唱歌，大家就不会投诉你了。你如果不改掉这个毛病，到了新家迟早也会引起新邻居的不满。"

职场箴言

你是否认为现在的工作环境有些压抑，让自己得不到施展才华的机会？你是否计划着换一家新公司，寻求新出路？如果你正是这样，那么你是否思考过出现这些问题的原因呢？人们总会把原因推到外界环境上，而不试着反省自己，看看这些问题是不是由自身的某些缺点造成的。人们在不顺利时，往往只会抱怨别人，却不知道问题的根源是自己。如果问题出在自己身上，即使换了新环境，问题依旧会出现，甚至给自己造成更大困扰。

甲在这家公司工作两年了，最近总觉得事事不顺，到处找人抱怨，说他的领导太苛刻，同事也不友善，情况简直糟糕透顶。

一天，他遇到了老朋友乙。照样抱怨了一番后，他叹了口气说道："我决定马上辞职，离开这个鬼地方。"

乙马上接过了话头："好！我支持你！但是就这么辞职太便宜他们了，要找个机会报复一下！"

甲听了这话很高兴，忙问他有什么好主意。

乙想了一下说："如果你马上离开，公司也没什么损失，你就白白牺牲了；如果你趁现在多拉几笔订单，抓住一批客户，然后再带着这些客户轰轰烈烈地辞职，肯定能让他们损失惨重。"

"你说得有道理，就这么办！"从那以后，甲就像变了一个人似的，拼命苦干，业绩成倍地上涨。

将近半年后，甲和乙再次见面了。

"我看你已经积累得差不多了，可以辞职了。"

"算了，"甲不好意思地笑了笑，"我刚刚升职，现在已经是经理了。"

甲本来铁了心要辞职，却又因为积极改变自身而一跃成为公司领导器重的人。社会复杂多变，不可能事事尽如人意。如果你觉得自己的境遇并没有达到自己的预期，那么请不要一味埋怨别人，因为原因往往出在你自己身上。想要取得成绩，只换环境解决不了根本问题，转变态度并不断完善自己才是关键。

三个旅行者——职场行走，别跌倒在自己的优势上

三个旅行者结伴出行。出发时，第一个人拿着雨伞，第二个人带着拐杖，而最后一个人两手空空。走到半路，三个人为了让旅行更加有新鲜感，决定分头行动，到了晚上在原地会合。

于是，他们分别朝不同的方向出发了。这一带地势崎岖，午后还下了一场大雨，道路泥泞。到了晚上，三个旅行者陆续回到了原地：拿伞的人浑身湿透了，冻得瑟瑟发抖；拿拐杖的人衣服都破了，膝盖还在流血；而两手空空的人则安然无恙。

第一个人和第二个人感到非常奇怪，就问第三个人："我们有所准备还这么惨，可你怎么会一点事都没有呢？"

第三个旅行者没有马上回答他，而是反问道："那么你们又是怎么淋湿，怎么跌得浑身是伤的呢？"

拿伞的旅行者说："下雨的时候，我庆幸自己打着伞，于是特意小心脚下的路，结果虽然没跌倒，衣服却湿了。"拿拐杖的旅行者说："我开始的时候找了个山洞避雨，雨停了才上路的。地上又湿又滑，我想拄着拐杖应该很安全，却没想到总是跌倒。"

听完他们的叙述，第三个旅行者笑着说："我没带伞，所以下雨的时候就躲在了石洞里，没有淋湿；我没带拐杖，所以雨停了之后，走路时更加小心翼翼，也就没有摔倒。这样看来，你们是因为有可以凭借的优势，

所以少了忧患意识，结果使优势变成了累赘。"

职场如战场，即便你是个神枪手，也有可能为枪所伤。优势常常让人麻痹大意，而劣势让人时刻警惕。因此，优势背后往往暗藏危险，更容易让我们受到打击。职场行走，千万别跌倒在自己的优势上。

经典案例

在优势上栽跟头的人到处都有，球场上更不例外。

姚明是NBA赛场上的"小巨人"，也是中国体坛的骄傲，他的教练范甘迪经常对众人说，姚明是整个NBA最勤奋的球员。就在他的成绩被世界认可时，勤奋的负面影响就出现了：训练、比赛过于努力，造成他的脚伤加重，休战一个赛季。

德维恩·韦德是迈阿密热火队的王牌，因超人的进攻速度而被"大鲨鱼"奥尼尔称为NBA的"闪电侠"。可这种魔鬼速度也害得他不轻：在一场与休斯敦火箭队的比赛中，他与对方前锋巴蒂尔相撞，身受重伤，退出了比赛。

被淹死的往往都是游泳好手，被骗钱的往往是高智商或高学历的人。不要对你的优势太过放心，因为环境是不断变化的，优势很可能成为你的硬伤。

形象价值百万：

打造个人职场形象

叫花子的品牌效应
——打造个人品牌

　　有一个乞丐，为了提高自己乞讨的业务能力，想了很多办法。他认为，只有先创立自己的品牌，才能在乞讨业闯出一片天地。他觉得首先得要有个名字，因为自己姓李，所以他就自称叫花李。有了名字之后，他又琢磨，如果想要让大家知道自己是干什么的，就必须专心乞讨，不能三心二意，再干捡破烂等事。

　　此后，这个乞丐每天都会出现在广场上。他总是拿着那个乞讨的碗，碗里一般都会有个块儿八毛，他还特意立了个"叫花李"的牌子。为了扩大"品牌"的影响力，他决定形成自己的特色：每次只收五毛。若是有人给他五毛，叫花李就会向人道谢。若是给的多于五毛，比如一块，他就会叫住人家说："谢谢，我每次只收五毛。"他还要找人家五毛钱。若是有人给的少于五毛，例如两毛，他就会对人家说："非常感谢，我每次只收五毛，两毛还不够最低消费，所以还是还给您吧。"

　　日子久了，大家都听说广场上有个只收五毛的叫花李。如此一来，叫花李的名字就被传开了，这无异于增加了他的无形资产。许多人对此很好奇，特意去广场看叫花李究竟是怎么乞讨的，这样一来他的收入自然越来越多。

如同叫花李的"品牌"效应，打造独特的个人品牌，对于职场成功是十分必要的。换句话说，你若想在职场中脱颖而出，就必须拥有独特的"亮点"。因为现代社会竞争激烈，面对与你同样专业的竞争对手，你未必就是最优秀的，也很难永远保持领先。你如果没有自己的亮点，那么怎么可能赢得上司的青睐，获得工作机会呢？你如果能够发现自己的特点，并加以强化，形成鲜明的特色，那么必然会让大家记住。一旦出现某些问题时，你一定是大家心目中能够解决问题的不二人选。渐渐地，你就会变得出类拔萃。

21世纪的生存法则，就是建立个人品牌。良好的个人品牌，会有助于你在社会中找到自己的立足点，从而有助于你开创辉煌的未来。要想成为职场中的"不倒翁"，就必须树立个人品牌。

在塑造个人品牌方面，贝克汉姆无疑是非常成功的。如今，他已经成为世界上很多人崇拜的偶像。提到贝克汉姆，我们立刻就会想到他在球场上魅力四射的身影以及在时尚舞台上的潇洒形象。尽管他踢球的速度不是最快的，带球技术也不是最好的，也不能够常常抓住刁钻的角度。但是，他的右脚可谓是"黄金右脚"，没有人可以像他那样踢出势大力沉的旋转。而且一旦在赛场上有合适的机会，贝克汉姆就会完美地展现他的华丽球技，让观众应接不暇。与此同时，他不像很多足球明星那样酗酒自毁，而是在公众面前一直保持着干净清爽、亲切温和的形象。

另外，他的时尚形象也为人们所津津乐道。他的百变发型、令人耳目一新的衣着，甚至夫妻之间彼此使用的昵称，都成了一种时尚。

正是拥有了这样的个人品牌，贝克汉姆才深受别人欣赏，这无疑为他进一步提高知名度和继续发展创造了非常有利的条件。

披虎皮的驴
——实力决定形象

在森林边上，有一头驴子十分悲伤地来回走着。因为长得丑，跑得慢，胸无大志，只知道埋头吃草，它不但常常会成为狼的首选捕猎目标，而且会遭到调皮的野兔、灰不溜秋的田鼠的当面嘲笑。

想到这些，驴不禁仰天悲鸣，却又觉得羞愧，于是低下头来。它甚至觉得连自己的嗓音听起来都很糟糕。它很想改变自己的命运，可又不知道该怎么办才好。驴一边伤心地走，一边思索：大家都说"人靠衣装马靠鞍"，说不定换个好行头，就会不一样吧！然而自己天生就这副模样，难道非要把自己的驴皮扒下来才行吗？突然，草丛里有个十分醒目的东西映入它的眼帘。它仔细一看，腿肚子都被吓软了，原来是一只老虎盯上了自己。

"唉，我今天就要没命了！"驴不禁为自己感到无比惋惜，并在内心祈求如果来世不能成为一只虎，也要成为一匹健壮的马。但是，很长时间过去了，老虎都没有扑过来。于是它想，反正是个死，不如去看个明白。待走近后，它发现那根本不是虎，而是一张虎皮。这也许是某个猎人暂时放在这里，准备狩猎结束后带回家的。唉，森林之王即使死了，威风依然不减！驴想到此，觉得很羡慕，于是忍不住走了过去，将那身华丽的皮毛披在自己身上。

披上虎皮之后，驴果然觉得胆子大了，于是快乐地走向森林深处。最初，动物都对它十分恭敬，见了它不免要避让三分。然而，过了一会儿，动物们就明白是怎么回事了。连凶狠的狼都在一边大笑不已，以至于忘记了去捕猎。狼笑着对它说："真是愚蠢啊，你听好了，想改变形象、宣传自己无可厚非，但是，无论怎么改头换面你也只是一头蠢驴。"

职场箴言

现代社会，在他人的第一印象中，你的个人形象非常重要。因而适当地对自己进行包装，是十分必要的。但是，若是仅仅徒有其表，内心空虚，即便拥有再好的表象也会很快被人们识破。因为，真正的形象是由实力决定的，只有通过积累实力逐渐树立起来的形象，才会有长久的生命力。

经典案例

某酒店有两名主管，分别管理中餐部和西餐部。

肖经理是中餐部主管，他为人本分，不善言谈，做事十分踏实，对待员工也很客气，最大的缺点是爱与上司发生争执。林经理是西餐部主管，巧舌如簧，很喜欢在上司面前表现自己，在工作中却总是投机取巧。林经理很善于讨上司欢心，所以进酒店时间不长就连升两级，而肖经理在酒店做了两年还是原地踏步。为此，林经理常在员工面前嘲笑肖经理没有长进。肖经理知道后，充耳不闻，仍是一如既往地工作。

有一次，林经理违反酒店规定，向客人索要小费，顾客就到他上司那里投诉他。不料，上司觉得他一直表现不错，就替他向客人赔礼道歉，随后只是轻描淡写地说了林经理几句，便就此了事。林经理从此更加得意，觉得只要经常讨好上司，在上司面前树立好自己的形象，就万事大吉了。

后来，他们的上司辞职了，又来了一个新上司，林经理继续玩儿老花样，而肖经理对工作仍是兢兢业业。几个月后，公司效益下滑，为了节约开支，老板要求各部门精减人员，肖经理和林经理也将被辞掉一个。此时，有的员工便好心提醒肖经理，让他聪明一点，早点去上司那儿打点一下，以免失业。肖经理无动于衷，不过他明白被辞的一定是自己，于是私下做好了要走的准备。后来，结果出来了，意外的是，肖经理竟然留了下来，上司把林经理辞掉了。上司对大家说："我考察了几个月，发现肖经理是一个踏实肯干的人，而林经理却只懂得吹嘘。如果辞了肖经理，我就失去了一个做实事的好帮手，这对我十分不利。"

林经理虽然非常注重打造个人形象，但是以漂亮的空话为基础的形象是不牢固的，只有靠真正的实力树立起的职场形象，才禁得住时间的检验。

不会开花的种子
——诚信塑造形象

从前，有一个国王无儿无女，打算从全国的孩子中选出一位做他的继承人，就把这个消息昭告天下。人们知道后，都踊跃地把自家的孩子送入王宫参选。

看着前来应选的孩子们，国王说道："我给你们每人一粒种子和3个月的时间，那个能种出最美丽的花的人，就会成为我的继承人。"

3个月后，聪明的孩子们捧着各自种出来的鲜艳的花儿，来到国王面前。然而，有一个小孩却泪流满面地捧着一个小小的空盆。

国王看到这个孩子后，穿过盆盆鲜花径直走到他面前，问道："孩子，这是怎么回事，你的花盆为什么还是空的？"

这个小孩忍住了眼中的泪水，说道："尊敬的陛下，每天我都辛勤浇水，细心施肥，甚至睡觉的时候也把花盆抱在怀里，可是，到现在我的花盆还是空的……"

听了小孩的回答，国王哈哈大笑："你们拿到的都是炒熟的种子，所以确实不可能种出任何花草，你真是个诚实的孩子呀！我现在宣布，我的继承人就是你了。王位继承人代表着整个国家的形象，所以必须具有诚信的品质。"

职场箴言

诚，就是要按照事情的实际情况处理，不弄虚作假，不夸大，不缩小；信，就是要一言为定，遵守承诺，不朝三暮四，不见异思迁。诚信是为人做事的原则、成就事业的根本，它相当于人的第二张身份证。只有具备了诚信的品质，你才可能打造良好的职业形象，提升个人竞争力，为个人事业的发展创造有利条件。同样，具备了诚信的品质，你才可能取信于上司、合作伙伴甚至竞争对手，才可能获得更多成功的机会。

经典案例

那一年，小海高考失利，决定到外面去闯一闯。同村的小光曾经在外面闯荡过几年，小海就叫上小光一起去。他们来到中国南方的一个大城市，奔波了半个多月，终于打听到一家公司要招聘调查员，月薪1500元。这样的待遇对于很多人来说可能不算什么，可对于从农村来的小海和小光来说，是想都不敢想的。

第二天，两人起了个大早来到这家公司应聘。经过漫长的等待，两人终于见到了面试官。谈话结束后，面试官说还要考察一下他们的实际能力，叫他们三天后再来。

三天后，两人依旧早早来到公司，而一同来应聘的还有很多人，原本宽敞的会议室，都显得有些拥挤了。这次是经理接待了他们，经理取来一沓一沓的传单，分发给他们每一个人，然后为他们划分了区域，让他们在各自负责的区域内发放，下午五点时回公司述职。

小海立刻抱着自己的那一沓传单来到指定的区域。大街上人来人往，小海见人就发，可是并不是每个人都会接他的传单。有的人虽然接了传单，可是没走几步就随手把传单丢在了地上。小海觉得传单就这样丢在地上起不到任何宣传效果，就把它们捡回来重新发放。这样，小海忙碌了一整天，连饭都顾不上吃，可是到下午五点钟的时候，他手里的传单还是有一大半没有发出去。

小海沮丧地回到公司时，其他人早就等在那里了，而且他们手上的传单都已经全部发完了！小海这下彻底绝望了。

走出公司以后，小光一个劲儿地骂小海："你怎么这么傻呀！发不完的传单就直接扔垃圾桶呀！怎么能再交回公司呢？"小海也觉得自己真是太实在了。

几天后，经理再一次召集他们所有人，并宣布了结果：只有小海通过了考验。

众人追问原因，经理看着众人道："你们问问自己的心，你们应该得到这份工作吗？我给你们的传单是你们两天也发不完的！"

所有人都低下了头，只有小海昂着头，迎着经理的目光，露出一丝自豪的微笑。

盲人的纸板
——学会自己推销

街角处，有一个盲人整天在那里乞讨。他在面前放了一块纸板，上面写着"我是盲人"，希望路人能够同情他的处境。大街上的人流熙来攘往，但极少有人会为盲人停下脚步。盲人的日子过得十分艰难。

有一天，一个落魄诗人流浪到了这里，觉得盲人很可怜，就对他说："我帮你在纸板上添几个字吧！"

盲人说可以，诗人就挥笔在纸板上添了几个字，然后离去。

从那以后，盲人得到的施舍渐渐多了起来。

因为人们每当路过街角时，总会看到一个可怜的盲人，他面前的纸板上写着"春天来了，可我是盲人"。

职场箴言

故事中，诗人在盲人的纸板上添了几个字就使盲人的乞讨变得容易，这其实是一种推销的艺术。你在职场中树立了个人形象之后，还要懂得自我推销。在职场中，若想得到上司的青睐，努力工作当然非常重要。然而同时，你也要掌握一定的技巧，能够将自己的工作成绩巧妙地推销出去。学会自我推销，有助于你在茫茫人海中迅速脱颖而出，是一条通往成功的捷径。

　　她如今是国际4A公司的创意副总监，她当年的求职经历，今天听起来依然像传奇一般不可思议。27岁那年，她想应聘广告员，然而她在广告行业没有任何经验。但她看不上那些小广告公司，一心只想进国际排行50强的4A公司。知道她的想法后，她所有的朋友都觉得那简直是天方夜谭。

　　然而，她实现了自己的梦想！她用一只包裹来投递求职信，而不像大多数人一样使用普通的信封。她选了几家自己中意的公司，并向每个公司的总经理直接投递了一个巨大的包裹。

　　我们可以想象一下：在一堆毫无二致的信封中出现一个包裹，已经够与众不同、令人好奇了。然而更令人惊讶的是，那个包裹里面除了一张薄薄的纸尿片以外，什么都没有，纸尿片上只有一句话："在这个行业里，我只是个婴儿。"她将自己的联系方式写在了背面。

　　凡是收到她的包裹的老总，几乎都是很快就给她打了面试邀请电话。有意思的是，他们首先问她的问题都是："为什么你要选择一张纸尿片？"而她的回答也充满了创意。她解释说："虽然我没有任何经验，不符合您的要求，但就如同这纸尿片一般，我非常愿意学习，吸收性能非常好。而且，没有经验并不意味着我没有任何想法，通过这个小小的细节，我希望你们能看到我的创意能力。"是的，她成功了。

　　一般情况下，将自我形象设定为一无所知，是十分不利的，而她却因为绝妙的创意成功地将自己推销了出去。如果现在你的个人形象并不出类拔萃，那么学会推销自己就具有十分重要的意义。

谁最了不起——自信
帮你树立职场好形象

有一只小老鼠，一直觉得自己很渺小，于是想找到世界上最强大的东西。它抬头一望，看到天无边无际，觉得天一定就是最强大的了。因此，小老鼠说："天什么都不怕，辽阔无边，涵盖一切。我的目标就是要找到天的真谛。"于是它问天："天啊，你无所畏惧，我却如此卑微，你能给我点勇气吗？"天对它说："我并非什么都不怕，我怕云。"这下小老鼠觉得云一定更厉害，就去找云，说："你能遮天蔽日，天地间最强大的是你吗？"云听后回答说："不，我也有怕的东西。我怕风。即使我把天遮得密密的，大风一来，我就会被吹得无影无踪。"

听完了云的话，小老鼠又找到风，问道："你太强大了，天上的一切你都能吹散，你一定什么都不怕吧？"风回答："不，墙比我强大。我怕墙。天上的云彩挡不住我的去路，但是遇到地上的墙，我就得改变方向了。"

于是小老鼠又去问墙："连风都怕你，你一定是天下最了不起的吧？"不料，墙却回答："不，我怕老鼠。如果老鼠在我的根基上挖出很多墙洞，我就算再伟岸高大，迟早也会因此而轰然倒塌。"

此时，小老鼠突然明白：原来这个世界上最强大的其实就是自己呀！

职场箴言

充满自信，会有助于个人形象的树立。美国形象设计大师鲍尔说：

"成功男人的风格反映在外表，而优雅来自内在，它是你的自信及对自己的满意，它通过你的外表、举止、微笑展示出来。"一个自信的人，会坚持自己的信念，并将其融入言行举止之中，因而你的一举一动其实都是在辅助你的语言表达信息，这样有助于让人们对你产生信赖，相信你具有创造奇迹的特质！

经典案例

亨利·于拥有纽约大学的数学博士学位，然而，在这一耀眼的光环下他却依然很自卑。他找了很多次工作，都遭遇失败，此后亨利便默默无闻地做了5年博士后。其实，亨利内心十分清楚：博士后就相当于失业！在这样的状态下，他的自信和自尊也在一点点地消失。

20世纪90年代初，他的机会终于来了，华尔街及西方金融界开始接纳数学、物理等基础学科的才子们，华尔街一时聚集了无数的数学家、物理学家，他们在数量分析领域中施展着各自的才华，从此不再在"博士后"的道路上挣扎。亨利在这样的形势下，也想进军华尔街，以改变博士后的清贫生活。

于是亨利开始行动，只要是需要"博士"学位数量分析员的银行，他都会往那里投递简历。很幸运，亨利得到了50次面试机会，甚至有时同一个银行有两三个部门通知他面试。可是，50次他都失败了。第五十一次，亨利几乎绝望了，他把希望寄托在猎头公司那里。他的简历非常出色，他所发表的文章列满了好几页纸。很快，猎头凯文就被他的简历吸引，并立即约他面谈。亨利坐在凯文面前等待着他发问，看上去焦虑不安。

凯文问亨利："你到美国留学的原因是什么？"

他腼腆地回答："因为可以拿到奖学金。"

凯文继续问："你得到奖学金的原因是什么？"

亨利回答得不太自信："可能是因为我幸运吧！"

"错！"凯文坚决地纠正他说，"美国只把奖学金给予最优秀的外国人才，你拿到奖学金是因为你的聪明与优秀，作为一个年轻的中国数学家，你非常优秀。亨利，你要明白，任何银行看到你的简历都会通知你面试，但要面试成功，你必须要有自信。我给你两个星期时间，你要让自己充满自信。"过了两个星期，凯文将亨利带到了花旗银行进行第五十一次面试，这一次亨利终于成功了，他长达5年的清贫的博士后生活从此结束。

如今，亨利是某日本银行全球市场的主任经理，每天都要处理上亿美元的交易额，他已变得非常自信。回忆起那段经历，亨利十分感慨："对我而言，那是一次命运的转折。我失败50次的原因被'人精子'凯文一眼就看出来了。那两周时间，我发疯般地对着镜子告诉自己：'我是中国优秀的数学家，我自信！我有能力，我自信！'我对着镜子练习挺胸、抬头、目光对视，我大声而勇敢地讲话，以便使自己看起来像个成功者。那时我才意识到：原来很多年来自己居然一直都是弯腰低头、谦卑地走着！"

吹牛的山雀
——不要做"职场秀客"

一只山雀从来没有见过海。有一天，它飞到了海边，觉得十分好奇。这只山雀对着大海呆呆地看了很久。它突发奇想，说自己能创造一个奇迹，把大海烧枯！

这一奇谈怪论让所有人都无比震惊：居住在海神城里的海底居民都惊诧万分，甚至有一丝害怕；鸟儿一群群地飞往海边，想目睹自己的同类是如何创造奇迹的；森林里的动物们也蜂拥而至，都想看看山雀究竟怎么让海水燃烧；人类拿着银汤匙也赶来了，对美味的万鱼汤垂涎不已——最富有的富翁，恐怕也不曾见到过这样的筵席。

围观者挤成了一团，大家都张大了嘴，巴望着看到大海燃烧的奇观。有人还忍不住说道："你看！你看！海马上要着火了！海就要沸腾了！"众人仔细一看，那燃烧的分明是晚霞。好久之后，大家都感觉上当了！海水一点都不发烫，更不用说燃烧了！

那只夸下海口的山雀早就溜走了。

职场箴言

"职场秀客"说的是那些喜欢在职场中自我吹嘘、自我炫耀的人。然而实际上，他们的能力并不怎么样。他们自吹自擂的行为不但不能为自己加分，反倒使同事们非常反感，不利于自身的发展。所以，在推销自我的时候，你要注意实事求是，恰当得体，千万不能成为"职场秀客"。

经典案例

2008年夏，一位毕业于"常春藤联盟"的求职者应聘位于明尼苏达州的联合健康集团公司的经理岗位，面试官是人力资源发展部副总裁丽莎·海罗尔。这位应聘者简历上所描述的工作业绩非常出色，然而在面试的一个小时里，他一直滔滔不绝，面试官一直没找到机会询问他究竟是如何取得这些成就的。

丽莎·海罗尔回忆说："最后，他终于喘了一口气，问我：'90天的试用期之后，我将来会有哪些发展机会？'"正是这种狂妄自大令他与

这份工作擦肩而过。

目前经济形势不好，据招聘企业人力资源部的经理们了解，这种"职场秀客"越来越多。造成这种现象的原因有两点：一些应聘者是为了获得面试官的认可，而一些公司职员也害怕失去工作，所以想尽办法表现自己。正如密歇根州罗切斯特市职业介绍公司猎头集团的总裁马克·安哥特所说："很多人都在拼命推销自己，他们不择手段，其实却没有过硬的能力。"迫于无奈，很多求职者都很盲目，他们自以为可以胜任某些岗位，其实事实并非如此。

管理者的必修课：
胜任管理的素质

佛塔上的老鼠
——权不等于威

一只到处逃窜的老鼠终于在佛塔上找到了"归宿"。对它来说，这里的生活简直太美妙了，因为它可以任意穿行于佛塔的各层之间，可以享用很多美味的供品。而且，它可以随意咀嚼那些藏在佛塔里不为人知的秘籍，甚至于在人们都不敢正视的佛像头上留下"黑色的痕迹"。它经常站在佛像的身上，看前来烧香拜佛的男女，每当这时，它总会有一种飘飘然的感觉：人类竟然也会向自己下跪！就这样，老鼠在这里过着悠然自得的生活。

可是一天，一只饥饿至极的野猫突然闯进了佛塔。它立刻就发现了这只老鼠，并马上将其逮住。正当这只野猫要把老鼠送入口中时，老鼠赶紧说："我代表着至尊的佛，你看人类都向我下跪，你竟敢对我如此无礼。马上放开我！"野猫轻蔑地说："人们向你下跪是因为你在塔顶的缘故，并不是因为你自身如何！"

说完，野猫就把老鼠吞进了肚子。

职场箴言

这则寓言带给我们这样的启示：也许你已经身居要职，但这并不意味着你可以随意指挥别人。现实生活中我们会看到，很多管理者不是靠真才实干来工作的，而是凭借职位，也就是所谓的权力。这样导致的结果就是：当你还身在其位的时候，你会觉得员工围着你团团转，并且听从你的指挥；可是，当你不在其位时，你会觉得一切都变了。这时，你不要感叹人心向背、世态炎凉，你应该明白，拥有了权力并不等于同时拥有了权威，"威"是要靠真才实干获得的。

经典案例

森布鲁斯是美国罗氏旅游公司的老板，尊崇"员工第一"的管理方法。在工作中，当别人讨好顾客的时候，森布鲁斯却在努力地讨好公司里的员工，争取做到"员工至上"。虽然贵为老板，但森布鲁斯总是放低姿态与员工融洽相处，并及时了解员工的需求和意见。此外，他还为员工营造宽松舒适的工作氛围，帮助他们缓解压力。森布鲁斯的这一领导策略很快得到了员工对他的喜爱，并且极大地激发了员工的进取心。森布鲁斯在赢得个人威望的同时，公司的年营业额也快速增长，最终使罗氏旅游公司成为世界三大旅游公司之一。

丢鸡的农夫
——勇于担当

　　一群饥饿的狼发现了一位农夫的鸡圈。在鸡圈里，公鸡、母鸡和它们的小鸡不是快乐地游戏，就是悠闲地吃食物。偶尔，通过栅栏的缝隙，小鸡们还会对偷窥它们的狼发出嘲讽的叫声。因为鸡圈非常结实，狼是不可能进去的。望着近在咫尺的美味食物，再听听自己肚子里发出来的咕噜噜的叫声，狼不甘心就这样放弃。于是，这群狼一有机会就躲在鸡圈旁边，窥视鸡群。

　　功夫不负有心人。在一个夏天的夜晚，狼群终于找到了机会，因为农夫在喝酒后竟然忘了关鸡圈的门。它们在确定这不是农夫的圈套后，迫不及待地闯入鸡圈享用美味。猎狗发现这一情况时，马上汪汪大叫，试图唤醒主人，可是主人睡得太沉了，怎么也唤不醒。于是，猎狗只能和狼血拼，但它难敌群狼，被咬得全身都是伤。天终于亮了，主人也醒了，当他发现鸡圈里满地都是鸡毛和鲜血时，又心疼又生气。他把所有的怨气都发在了猎狗身上，对着猎狗大声嚷道："狼群进来时你为什么不唤醒我？你为什么没有阻止这场杀戮……"

　　听到主人的这番责骂，猎狗非常委屈，说："主人，我已经尽了自己的职责，遇见狼后大声叫你，可是你没醒；与狼搏斗，我本来就无法占上风。倒是主人你自己忘记了关鸡圈的门，又沉睡不醒。你怎么能把责任推到我的头上呢？"

职场箴言

这则寓言告诉我们：在职场上，身为管理者的你是公司的"一家之主"，应该对公司内部发生的一切事负责。如果有问题出现，作为"一家之主"，你应该挺身而出，承担责任，然后和员工一起想方设法解决问题，而不是像寓言中的主人一样单方面推卸责任。

经典案例

朱利安尼，美国政治界的风云人物，有极强的政治能力，曾在20世纪90年代两度当选为美国纽约市市长。"9·11"事件后，朱利安尼觉得自己有义务站出来。虽然此事件是针对美国的，可是毕竟发生在纽约市，自己作为纽约市市长，必须挺身而出，不仅要在电视上露面，还要亲自到现场控制局面。

他采取了一系列行动，带领纽约市民，甚至是全国人民走出了"9·11"事件的阴影。正因为在这场变局中所表现出来的勇于担当的精神和杰出的领导能力，朱利安尼被称为"真正的美国领导者"。他不仅被美国《时代》杂志评为"2001年度风云人物"，而且获得了伊丽莎白二世女王颁发的"不列颠帝国勋章"。朱利安尼曾在一本书中写道："领导者要在享受特权的同时承担起更大的责任，尤其是在风险和危机面前，要第一个站出来并掌控局面。"

牧羊人和羊群
——以身作则

牧羊人最喜欢的一只羊羔罗宾被狼抢去了。牧羊人很悲伤，对其他羊说："你们不知道，可怜的罗宾虽然得到的食物很少，可是他与我形影不离，到处漂泊。而且，只有他能听懂我吹奏的风笛乐曲，只有他能在百步之外感受到我的到来。如今，他却被可恶的狼抢走了！"

说完这一番话后，牧羊人决定鼓舞羊群的士气，让它们有勇气面对来自狼群的威胁，并告诉它们应该如何与狼群作战。在牧羊人的鼓舞下，羊群沸腾了，它们发誓："一定要抓住抢走罗宾的那只狼，为罗宾报仇！"看到羊群的意志如此坚定，牧羊人非常高兴。

夜幕降临后，狼群再次闯入羊圈。牧羊人正要指挥羊群对付突袭的狼时，看到了狼的眼睛，被那发着绿光的凶恶眼神吓得魂飞魄散，撒腿就跑。见牧羊人逃走了，羊群也陷入了一片混乱，每只羊都拼命逃生。天亮了，羊圈空了，牧羊人大声责骂那些背弃他的羊。可是他为什么不问问自己"我是一个合格的牧羊人吗"？

职场箴言

在企业发展的危急时刻，领导者如果抛弃自己的下属，就会像寓言中的牧羊人那样，被下属抛弃。孔子说："其身正，不令而行；其身不正，虽令不从。"也就是说当你做出表率时，即使不用下命令，你的员工都会跟随你行动起来；否则，你是很难服众的。

经典案例

日本著名企业家士光敏夫说："领导干部应该是真正能吃苦的人，以自己的实际行动做出表率，这样不但能给企业带来很大的经济效益，而且可以培养员工的敬业精神。"

日本东芝电器公司曾享有"电器业摇篮"的美誉。可是士光敏夫接手时，东芝电器早已风光不再，而且濒临倒闭。面对这样的现状，士光敏夫需要做的事情很多，而且每件都不能马虎。所以，他决定以身作则，用自己的实际行动为员工树立榜样。

一天，有一个员工向士光敏夫抱怨说："公司有一单生意做了很长时间也没做成，问题是对方领导经常外出，我去了很多次都吃了闭门羹。"士光敏夫听后思考片刻，说："不要放弃，我试试看。"

士光敏夫尽管身为东芝的最高领导人，可是第二天就亲自去拜访对方那位领导了。事实和员工说的一样，那位领导又外出了。可和员工做法不同的是，士光敏夫没有离开，而是继续在那里等待。过了很长时间，那位外出的领导终于回来了。士光敏夫递上名片并说明此次前来的目的。东芝的最高领导竟然亲自来和自己谈业务，这让这位领导非常感叹，同时，他感受到了东芝的一份难得的真诚。这笔生意很顺利地就谈成了。最后，这位领导对士光敏夫承诺："以后我们一定会购买东芝的产品，但您就不要亲自来了。"

"上级竭尽全力地工作就是对下级最好的教育。如果职工有三倍的努力，领导就要有十倍的努力。"这是士光敏夫的名言。现在，东芝电器之所以能够成为世界知名企业，这和他的最高管理者士光敏夫的以身作则是分不开的。

老狮子与狐狸族长
——有敏锐的洞察力

有一头狮子曾是"森林之王"，那时它威风凛凛，无人不惧。可是，它毕竟也有年老体衰的时候。如今，这头狮子已经不能快速奔跑了，获得的食物越来越少。眼见就要饿死了，它突然想出了一个捕食的好办法。于是它钻进一个山洞里，装出一副生病的样子，当王国里的臣子们来看它的时候就趁机吃掉它们。

过了一段时间，狐狸家族也听说狮子生病了，于是狐狸们在族长的带领下去看望狮子。来到山洞口，族长停了下来，"关切"地问道："大王，我们来看您了，您身体还好吗？"狮子一听又有人看自己来了，不由得心中暗喜，但还是"虚弱"地说："身体很不好啊，一点力气都没有。你们来看我为什么不进洞呢，难道怕我把病传染给你们吗？"

狐狸族长大声回答道："我本来想进去，可是在看到洞口只有走进去的脚印，而没有走出来的脚印后，我就改变了主意。我们不怕被你的病传染，而是怕你把我们全都吃掉。"

职场箴言

在这则寓言中，狐狸族长如果没有敏锐的洞察力，那么整个家族就会遭遇不幸。同样的道理，在职场上，管理者如果没有敏锐的洞察力，就无法准确预测事态的发展方向，也就无从做出正确的选择。一个合格的领导人应该在任何情况下都能敏锐地洞察形势，及时解决出现的问题。

经典案例

　　如今，在世界汽车行业里，"本田"可谓大名鼎鼎，本田车跑遍了世界各个角落。不过，本田公司最初是以摩托车闻名天下的。那时，本田可谓日本摩托业内的龙头老大，而且，它在世界上也鼎鼎有名。这一切，都要归功于本田的创立者——本田宗一郎。

　　20世纪70年代初，正当本田摩托在美国热销之时，本田宗一郎却提出了新的经营战略：转战东南亚市场。这个战略让很多人疑惑：一方面是快速发展的美国经济和生活水平较高的美国人，而另一方面是经济刚刚起步的东南亚和生活水平比较低的东南亚人民，本田为何要放弃美国而选择东南亚？

　　原来，本田在调查研究后发现：美国经济马上就要开始新一轮衰退，摩托车市场的低潮会随之到来；虽然现在摩托车在东南亚还属于奢侈品，但是东南亚的经济正在蓬勃发展之中，市场潜力无限。因此，本田才制订了"转战东南亚市场"的战略，目的就是提前做好准备，争取最先打入这个广阔的市场，并规避美国市场的潜在风险。

　　事实证明，本田宗一郎的判断是正确的，他的东南亚战略获得了极大的成功。当美国经济衰退、产品滞销时，本田摩托在东南亚的销量则在直线上升。本田宗一郎用敏锐的洞察力、正确的经营战略使公司扩大了市场，还创出了最高的摩托销售额记录。

忙碌的农夫
——学会放权

从前，有一个农夫，有很多田地，而且有一个习惯，那就是每件事都要亲自去做。有一天，天还不太亮时农夫就喊全家人去田里劳动。可是出发时，他发现拖拉机没油了，于是赶紧去买柴油。买柴油的途中，农夫忽然想起来早上起来后还没有喂猪呢，于是中途返回家去喂猪；可是在给猪取饲料的时候，他发现家里的粮食都受潮要发霉了，就立即动手把粮食拿出去晒；他把粮食刚搬到院子里，就发现院子里的几只母鸡奄拉着脑袋，好似生病了一般，就随手放下粮食去看鸡到底怎么了；等处理完了鸡的事情，他才想起来要去买柴油，于是赶紧向加油站走去。这时，农夫才想起来今天本来要去田里劳动，可是，太阳都下山了，天已经黑了。他想：今天可真忙啊！

这个寓言给我们这样一个启示：管理者要学会放权，这是管理者的必备素质之一。在工作中，我们经常会听到有些管理者抱怨，说忙，时间不够用，效率低等。细究起来我们就会发现，这些管理者大都自己包揽了大大小小的事务，反而致使员工无事可做了。所以说，一个合格的管理者必须要学会放权。通过放权，管理者就可以把精力放在重要工作上，而且能充分调动团队成员的积极性。

经典案例

　　格林先生是一家电脑公司的经理，喜欢亲自过问公司的每一件事。每天一进办公室，公司各个部门的报告如雪片般飞来，部门领导如走马灯似的转来转去。时间一长，他已经疲于应付了，感叹道："哪怕自己有两双手、两个脑袋也不够用啊。"后来，格林先生觉得自己应该好好考虑一下：为什么自己会这么忙？自己的工作方式是否应该改进？后来，他终于明白了一点：作为公司的最高负责人，自己的职责是指导公司下属为自己工作，而不是做公司下属应该做的工作。

　　于是他向全公司下达通告：各部门以后各司其职，递交给他的报告必须是筛选之后的，而且必须是对的，否则不要呈上来。他还特别交代秘书：一天拿给他的文件不要超过10份。他的秘书和下属早已经养成了奉命行事的习惯，而现在却要自己拿主意，一时还真难以适应。公司陷入了小小的混乱之中，不过时间不长，公司就有条不紊地运转起来。下属因为更为熟悉自己的业务，能够更及时准确地做出决定，公司的业绩也越来越好了。

　　这样一来，格林先生就给自己留下了足够的时间，能够更周密地考虑公司的发展方向，更仔细地规划年度计划，更认真地准备董事会上的报告，更慎重地解决人员的聘任和调动等大事。同时，他还有了读书、看报、喝咖啡、进健身房的时间。他的生活终于步入了正常的轨道，他再也不用昏天暗地地工作了。此时，他才体会到公司的经理和凡事包揽的"老妈子"的不同。

　　很多公司的老板都会犯格林先生那样的错误：像一个"老妈子"一样，对公司的业务件件都问，事事都管，充分行使老板的权力。然而这样的亲力亲为，必然造成自己的过度劳累和重要工作的时间不足。其实他们都不懂得这样的道理：作为一个领导者，要让别人为你工作，而不是抢别人的工作。

狮子的指挥
——不要越俎代庖

一天，狮子和狼准备一起去捕猎。临行时，狼很谦虚地请教狮子应该如何捕猎。众所周知，狮子享有"森林之王"的美誉，因此，虽然狼也有较高的捕猎水平，但面对森林之王时它还是放低了姿态。狮子高傲地说："放心，我会教你几招的！"

说话间，眼前掠过一只鹿。狮子和狼都已经看见鹿了，正当狼准备扑上去时，狮子把它拦住了，训斥道："小子，你这样扑上去很不妥。现在'森林之王'要告诉你，捕猎之前要先长号一声！连这点常识你都不懂吗？"

狼无奈地号叫了一声后就和狮子去追逃跑的鹿了，很快他们就堵住了鹿的去路。想到美味即将到手，狼馋得直流口水，一下子扑上去咬住了鹿的脖子。这时站在狼身后的狮子把狼拉开了，说："小子，最高明的捕猎技巧是先咬断猎物的腿，就像我这个样子。"说完，它就给狼比画起来。此时，鹿看到了生还的机会，就悄悄地溜走了。而狮子还在不厌其烦地指导狼学习捕猎的技巧。

职场箴言

这则寓言告诉我们，不同层次的管理者，有不同的职责范围。作为管理者，你必须做好自己职责范围内的事，而不要越俎代庖去干预别人的事。你如果已经把工作交给了下属，但还不放心，经常指挥来指挥去，这样不仅会造成管理的混乱，而且会挫伤下属的工作积极性，对管理并无好处。

　　纽卡斯尔联队曾经是英格兰最著名的一支球队，在英国甚至在欧洲大陆，都是成立最早的足球俱乐部之一。然而，在新老板麦克·阿什利在2007年支付1.39亿英镑购得这支球队后，球队状况江河日下。球队的受挫失利在某种程度上和阿什利密切相关，因为他在球队一手遮天。他虽然只是老板，却把自己的权力延伸到了赛场上，对主教练的工作横加干涉，对球员呼来喝去，甚至充当主教练的角色，把真正的教练晾到一边。当时，主教练是凯文·基冈，他从1992年就担任纽卡斯尔联队的主教练，任职期间获得了92～93赛季最佳教练的称号。可以说，纽卡斯尔联队的强大与他有莫大的关系。可是，在麦克·阿什利的干涉下，凯文·基冈无法正常实施自己的工作计划。最终，他不得不离开球队。

　　少了主教练的球队因为在08～09赛季表现不佳，最终不得不接受降级的命运。或许阿什利也不会想到当年的老牌劲旅会有这样的结局。可是，不知道他是否有所省悟，是他越俎代庖才造成了今日的局面？

老鹰安家
——能听下属的意见

在一个茂密的大森林里，有一棵高大、粗壮的老树，矗立在这里已经500多年了。一天，从远方飞来一对老鹰夫妇。它们发现了这棵郁郁葱葱的大树，觉得这是一个筑巢安家、生育儿女的好地方，于是留下来了。在它们忙碌着准备搭巢时，一只田鼠看见了，便过来劝它们说："这棵树的树根早就溃烂得差不多了，你们别在这上面安家了。"老鹰夫妇哪里肯信，它们觉得这只田鼠准是不安好心，于是仍旧在树上筑巢。过了不久，它们的鹰宝宝也出生了，一家人在这个饱览森林美景的新家里幸福快乐地生活着。

但有一天，鹰爸爸外出捕食的时候，灾难降临了。狂风暴雨突然来临，把大树刮倒了，树上的鹰妈妈和鹰宝宝都摔死了。鹰爸爸回来后，看到眼前的一切，感到悲痛欲绝。它突然想起当初田鼠的忠告，不禁悔恨万分。

职场箴言

这则寓言告诉我们，身为管理者的你，可能因为位居高层，无法看清下面存在的问题，而你的下属可能要了解得比你透彻。因此，他们提出的意见，你一定要认真倾听，即使有时候它们有些刺耳，但那些往往是忠言。

福特一世是福特汽车公司的创始人，16岁时就出来打拼。后来借助手下众多优秀的管理人才和机械专家，他成功创办福特汽车公司，并把其打造成为当时世界上最大的汽车公司。但成功后的老福特开始得意忘形，自满自大。

他一直以自己开发出来的T型车为傲，该款车型也确实为他带来了事业的辉煌。但后来，T型车逐渐过时，一步步丢失市场，自负的老福特却对此无知无觉。即使别人给他提出改良意见，他也听不进半句。看到这种情况，当初跟随他开创事业的功臣纷纷离去。福特公司渐渐衰落，最后走到倒闭的边缘。

1945年，福特二世接过了福特公司这一烂摊子。他明白福特公司的处境，也知道老福特最终失败的原因。于是，福特二世四处招募技术精英和管理贤才，广泛地听取并采纳他们的建议。经过坚持不懈的努力，福特汽车公司终于再一次腾飞。

年轻人和羊
——忠诚源自关爱

一个青年人有一群羊，这群羊很听他的话。每次出去放羊，青年人都走在最前面，羊群在后面紧紧地跟着，而牧羊犬则懒洋洋地走在最后面。于是，有人对青年人说："你的羊群之所以那么听话，紧紧地跟着你，是因为你的牧羊犬在后面吧？"青年人说："当然不是，如果你不相信，我可以把牧羊犬关起来。"牧羊犬被关起来了，青年人忽左忽右地向前走，而羊群仍然紧紧地跟着他。

那个人不知道这是为什么。青年人解释道："这是因为我每天都给羊群充足的水草，并且很精心地照顾它们。"

那个人还是很疑惑，说："我比你富有，我给羊群的食物更多、更好，我也精心照顾羊群啊。可是，我的羊群并不听我的话。"

一位老牧羊人听到了他们之间的对话，说："你给羊群的食物虽然很丰盛，可是你看到的只是它们的皮和肉，这不是真正的关心。只有发自内心的关照和怜爱才可以拴住羊群。"青年人认同地点了点头。

职场箴言

你不能把员工仅仅看成简单的劳动力，也不能仅仅关注他们创造了多少效益。作为一个成功的管理者，你除了关注员工的工作之外，还要关注员工生活的方方面面，注意员工情绪的细微变化及变化的原因，并帮助员工解决难题，这种看似小小的关心不仅能留住人才，而且会赢得员工的忠心。

温白克是美国跨国计算机公司首席执行官兼总裁。他曾说："一定要爱护你的员工，并让他们知道你的真诚；领导者不能靠发号施令来让员工做事，而是要让员工从心里觉得愿意为你做事。只有这样，员工才会对公司忠诚。"

詹姆士·贵是微软公司高级技术官，同时也是数据传输界的奇才。盖茨曾想安排他到波士顿微软研究院工作，可是他不愿意离开硅谷。盖茨并没有强迫他，而是在硅谷建了一栋小楼，成立了一个小型的微软研究中心，让他在里面安心办公。盖茨关爱员工，为员工尽可能地创造舒适的办公环境和办公氛围，所以吸引了大批的优秀人员加入微软。

想要成为一个成功的管理者，你在用人和管理中必须渗透情感因素才能让员工忠心地为你服务，而不能仅仅把员工当作赚钱的工具。

用人的智慧：
知人善用很重要

受歧视的驴
——每个员工都有闪光点

在森林里，驴子是最受歧视的一个。它既没有强健的身体，也没有聪明的头脑，而且天生一副大嗓子。不仅如此，驴子还喜欢时不时地放声高歌几句，这让其他动物难以忍受。国王也不喜欢驴子，于是把它赶到遥远的边境，让它在那里自生自灭。驴子虽然很委屈，但是不能违抗国王的命令，只好前往边境，独自品尝寂寞。

后来，国王发动了对外战争。可是，在检阅部队时，他对军队的号兵感到十分不满意。老山羊给国王出谋划策，说："驴子嗓门大，粗哑的声音还可以干扰敌人的情绪，不如让驴子来当号兵，它是最合适的人选了。"

于是，驴子被国王从边境调了回来，担任号兵一职，在战斗中发挥了重要作用。

职场箴言

在职场上，管理者不可避免地会和各种人打交道。如何知人用人，想必你能从这则寓言中得到一定的启发。每一个职位，都需要一个最适合它的员工，而管理的主要工作之一就是找到这个最适合的人。一个成功的管理者应该充分挖掘员工的闪光点，让每个员工都能充分发挥自身的才能，让每个员工都找到最合适的位置，这才是知人善用的真谛所在。

经典案例

金无足赤，人无完人，每个人都是集优缺点于一身的。一位成功的企业家曾说："我的成功得益于识别人才的眼力。我用人的策略不是想着去改正别人的缺点，而是考虑怎样才能充分发挥别人的优点。"

这位成功的企业家在一次聚会上遇见了一位老板，这位老板抱怨说："我有3个让我头疼的员工，他们做事漏洞百出，没有一次能让我满意，我打算找机会辞掉他们。"

企业家问道："他们怎么让你不满意了？"这位老板说："第一个整天挑三拣四，专挑别人的缺点；第二个整天忧心忡忡，担心工厂会出事；第三个整天在外面瞎跑，不好好做本职工作。"企业家沉思片刻说："那你把这3个问题员工交给我吧！"

第二天，这3个问题员工来到企业家面前。企业家给他们分配了新的工作：第一个喜欢挑三拣四的员工做质检员，负责产品的质量管理；第二个担心工厂会出事的员工做保安，负责工厂的安全保卫工作；第三个喜欢在外面瞎跑的员工做产品活动宣传员，负责商品宣传的事宜。

这3个问题员工在新的工作岗位上有了施展自己才能的机会，于是努力做好各自的工作，都由问题员工变成了杰出员工，为企业的发展做出了自己的贡献。

财主和猴子
——发挥员工的天性

有一个财主，养了一只小猴子。这只猴子聪明伶俐，每次都能把不高兴的财主逗笑。财主的生活因为这只猴子而增添了许多乐趣，于是他对猴子说："小猴子，因为你的聪明，我决定不把你和其他动物一样看待，我应该像对待家人一样对待你。"于是猴子住进了豪华的房子，穿上了很漂亮的衣服和美丽的鞋子。他还为猴子请来了老师，教它学习礼仪知识。

为了让猴子更有人样，财主还规定：不能像以前那样在树上到处攀爬；也不能光着脚到处跑；每天要衣着整齐，一举一动彬彬有礼。猴子如果违反了这些规定，就会遭受严厉的处罚。直到有一天，猴子再也无法忍受这种生活，于是撕碎了约束自己的漂亮衣服并逃离了财主的家。

财主发现后非常生气，骂道："真是一只不知好歹的下贱猴子！"

职场箴言

在用人方面，用人者不能凭着自己的好恶而强行要求他人去做什么。要做到知人善用，用人者就必须仔细考察所用之人的天性，然后为其提供一个可以自由发挥的平台，让他们从事最适合自己的工作。只有这样，才能调动他们的积极性。用人最忌讳的就是，用人者单方面根据自己的意志来要求所用之人。这样只能束缚他们的发展，使他们的真正才能无法得到发挥。

经典案例

索尼目前已成为横跨数码、生活用品和娱乐三大领域的世界级大集团，每年都有大批技术专家和工程师加入到这个集团中。那么，如何充分挖掘这个队伍的积极性和创造性，就成了一个极其重要的问题。在这方面，索尼管理者推行了灵活机动的用人制度：科技人员可以根据自己的特长主动申请新的研究课题或者开发新的项目，甚至可以在部门、科研小组之间自由流动，部门领导不会加以干预。总之一句话——你觉得自己适合做什么，那就去做。

这种灵活的用人办法为员工创造了极大的发展空间，并且有效地调动了员工的主动性、创造性，同时也加快了新产品的问世。正因为如此，索尼才会在世界范围内永葆先进性和独创性。

害群之马
——淘汰必须淘汰的人

有一次，黄帝领着方明、昌寓、张若、他朋、昆阆、滑稽七位圣贤，一路驱车到具茨山去拜见贤人大隗。可他们来到襄城原野时迷了路，周围也找不到可以指路的人。

这时，有一个放马的孩子恰巧路过，于是他们问他："你可知道具茨山在哪儿？"

孩子回答："知道。"

他们又问："那你知道大隗住在哪里吗？"

孩子还是回答："知道。"黄帝一时觉得很好奇，这么一个放马的小孩竟知道贤人的住地，于是接着问："那你可知如何治理天下？"

孩子不紧不慢地说："治理天下同你们在野外遨游是一个道理，只需径直前行，不要无中生有，把政事搞得过于复杂。前几年我在尘世间四处游历，常常觉得头晕眼花，一位长者教导我说：'你只要乘着阳光之车到襄城的原野上畅游，忘掉凡尘琐事便可。'现在我的毛病已有所好转，我又要到更广阔的尘世之外遨游去了。治理天下就像这样罢了，我又何须多事啊！"

黄帝说："你再说得清楚一点，到底该如何治理天下？"

"治理天下，就同放马一样啊，只要把害群之马清除出去就行了啊。"

黄帝听后立即叩头拜谢，口称"天师"而去。

职场箴言

俗语说："一块臭肉败坏一锅汤。"公司里有一些人极难协调，专门破坏公司和谐。他们就像烂掉的苹果，破坏力极强，先是破坏他们所在的部门，最后会败坏整个公司。所以，你一旦发现你的企业里也有这种人存在，就一定要及时地把他们清理出去。

经典案例

杰克手下有一名出色的员工名叫亨利，擅长做销售，工作能力突出。可是时间一长，杰克对他的看法有了改变。就拿最近发生的一件事说：杰克接到了公司高层布置的一项重要任务。因为事关重大，他带领大家反复讨论，争取制订出一个相对完美的方案。但是，亨利认为根本没有必要如此大费周折。他觉得自己对这个项目十分了解，凭一己之力就可以完成。为了表现自己，他在私底下制定了一份方案，没有与杰克磋商，就直接找到总经理，向他表达了自己想承担这项任务的想法。最后，总经理同意了。

他的这种做法，不仅伤害了杰克的感情，还破坏了整个部门和谐、团结的气氛。在执行任务的过程中，他同样不管不顾，独断专行。亨利自恃优秀，不把他人放在眼里，也不听取他人的意见。而且，他四处传播流言，不是攻击这个人，就是攻击那个人。结果，一个优秀的集体被他搞得乌烟瘴气。最后，他成了"孤家寡人"，因为缺乏帮助而使项目流产。鉴于此事，杰克毫不犹豫地开除了他。虽然他工作能力很突出，可是对于这样一个"害群之马"如果不清除，最终只会让集体利益受到更大的损害。

吃鸡的猫
——要有容人之量

村子里有许多专门偷吃粮食的老鼠。这些老鼠狂妄放肆，即使在白天，都大摇大摆，如入无人之境，糟蹋村民辛辛苦苦收获的粮食，吃村民自己都舍不得吃的菜油。村民们对此非常苦恼，有一个女人想出了一个办法：她记得娘家附近的庙里有一只很厉害的老猫，不如借过来让它逮老鼠。

这只老猫刚进村子就嗅到了老鼠的气味，还没等女人吩咐，它便循着气味开始了捕鼠行动。老猫和老鼠之间的"战争"开始了！原本狂妄的老鼠现在也不得不狼狈逃命。在接下来的几天内，村民们经常听见老鼠一声声的惨叫，还经常发现墙根下一条条的老鼠尾巴。不到一个星期，老鼠死的死，逃的逃，村子里一只老鼠都没有了。

村民们高兴的时间不长，又发现了一个问题——这只老猫偶尔会偷他们的鸡吃。既然村里已经没有老鼠了，于是他们把老猫送回了庙里。嗅觉灵敏的老鼠闻不到猫的气味，又从山林重返村子，再次无法无天地糟蹋粮食。村民们迫不得已，又让女人去庙里请回了老猫。这时，庙里的和尚微笑着说："即使明镜上有了灰尘，也不会妨碍它本身的光彩啊！"

职场箴言

在用人的时候，应该对人进行"功能"分析，其中"能"指一个人能力的强弱以及优缺点的综合，"功"指一个人所具有的能力是否可以转化为工作成果。实践证明，企业与其用没有缺点的平庸人还不如用有缺点的能人。正如寓言中和尚所说的，"即使明镜上有了灰尘，也不会妨碍它本身的光彩"。不要过分计较所用之人的缺点，人不可能十全十美。对用人者来说，最重要的是有容人之量，发现所用之人身上的长处，并利用这种长处为自己带来利益。

经典案例

"骏马能历险，犁田不如牛；坚车能载重，渡河不如舟；舍长以就短，智者难为谋；生材贵适用，勿复多苛求。"这是清人顾嗣协《杂诗》中的句子，它很形象地说明一个道理：人无完人，每个人都有优缺点，用人就要有容人之量，切忌求全责备。

特朗普是美国商界巨子。他在读书时就开始做房地产生意，当时他买下了一个公寓村，并在装修后将其出租。特朗普聘请了欧文来代他管理物业。在欧文的管理下，公寓村的各项工作进展得都很顺利，这让特朗普很满意。但同时，特朗普也发现了一个问题：欧文有偷窃的毛病，看到漂亮、值钱的物品就想拿回家去。才一年多的时间，他偷窃的公物总价值就有5万美元之多。如何处理这个问题，特朗普有些为难，虽然他很想马上辞掉欧文，可是理智告诉他，自己还需要考虑。如果辞掉欧文，会因为一时没有合适的人选来接替他的工作而给公司造成损失。再者说，把一个有毛病的人不加教育就推向社会，也是对社会不负责任的一种表现。

经过仔细思考，特朗普做出了一个决定：给欧文一个改正的机会。特朗普不仅给欧文加薪，而且很真诚地指出他的问题所在，并告诉他以后要注意改正。特朗普的言行让欧文很感动，他本以为自己会被辞掉。于是，他痛下决心改正错误，并更加认真努力地工作。在欧文的精心打理下，公寓村里的一切事务井井有条。几年后，特朗普卖掉这个公寓村，净赚了好几百万美元。

兔背上的猫头鹰
——重视老员工

随着天色渐渐地黑下来，猫头鹰的"白天"也到来了，它们开始寻找食物。这时一只肥大的灰兔出现了，或许因为自身的强健，灰兔并不在乎黑暗中潜藏的危机，甚至还悠闲地梳理了一下自己脸上的毛。老猫头鹰和小猫头鹰都看到了这只灰兔，但是老猫头鹰并没有采取行动，小猫头鹰不解地问："难道你没有看见树下那只肥大的灰兔吗？"

"以我的经验看，对手太大了，我们无法抓住它。如果是一只小兔子就好了。"老猫头鹰说，"它会很容易就把你我拖进密林。"

小猫头鹰不屑地说："其实很好解决，我可以两爪并用：一只爪子狠狠地抓住它，另一只爪子迅速抓住树枝。猫头鹰抓不住兔子，那不是让人笑话吗！"

老猫头鹰赶紧说："别莽撞行事。凭我数次捕食的经验，这只兔子体积太大了，你抓不住它。"

小猫头鹰还是不听劝告，飞快地去抓灰兔。它用一只爪子牢牢地抓住兔子的后背，另一只爪子紧紧地握住了树枝。这时，离成功只有一步之遥了，小猫头鹰骄傲地说："原来如此简单！"刚说完，只见灰兔猛地往前一冲，骄傲的小猫头鹰就被撕成了两半，它的一只爪子在树上，另一只爪子因为抓得太紧而嵌入了灰兔的后背。目睹这一切的老猫头鹰流下了同情的眼泪。

职场箴言

这则寓言再次证明了"不听老人言，吃亏在眼前"。老员工和新员工各有自己的优势。老员工的能力可能没有新员工的能力强，但是老员工比较熟悉行业里的规章制度和运作模式，也能较好地应对突发事件。用人者如果能够多提供一些新老员工互相学习的机会，必定会给企业带来更好的发展。总之，老员工是企业的一笔财富，老员工的意见不可轻视。

经典案例

美国《财富》杂志曾经做了一个评选活动，他们在活动中评选出了国内100家发展速度最快的公司。其中，剑桥技术合作公司因为拥有优秀的老员工而成为这100家中的一个。在剑桥技术合作公司，总裁詹姆斯·西门思花了很大的精力和财力来留住老员工。他曾经把公司销售收入的7%用于人力培训，这样每个员工平均每年的培训花费高达10000美元，基本是国内公司平均标准的18倍，即使是高科技企业也只有它的10%左右。

西门思曾说："很多人在一生中可能会尝试着从事不同的工作，他们寻找的是能够不断发展他们技能的雇主，而我们现在要做的就是尽量满足他们的要求，使他们能够留在公司。对一个发展中的公司而言，一名老员工相当于两名新员工，因为一个新员工要用来顶替原来的职位，而另一个新员工则要用来发展新的业务。"

那么西门思总裁的投资回报如何呢？调查显示，新员工中有大约33%的人是经本公司老员工介绍进来的。这也从另外一个角度说明了老员工对公司的信任。目前公司的员工流动率为18%左右，尽管这个数字与其他行业相比稍微高一些，但在本行业中已经明显低于平均水平了。人员的稳定不仅为剑桥技术公司节省了人力成本，而且加速了新产品、新技术的研制和开发，有效地加快了公司的发展进程。

驴子和马——让员工明确自己的任务

驴子的主人和马的主人分别派自己的驴子和马去同一个村庄运送货物。尽管驴子和马的出发地点不同，但是它们和村庄的距离是相同的。

驴子出发时，它的主人说："你将要去的那个村庄叫林庄，在西方。庄子前有片树林，那里就是你的卸货之地。"听完主人的吩咐后，驴子就出发了。它不知道路有多远，也不知道要走多久，更不知道前面的地形是什么样子的，自己要在哪里喝水补充体力。不过，它还是记着主人的话，一直朝西走。走了好久，驴子还是没有看见树林。它想，什么时候才可以看见树林呢？时间一长，它的情绪越来越低落，它甚至想停下前进的脚步。可是一想到主人的鞭子，它又不得不无奈地向前移动。直到天黑，筋疲力尽的驴子才看到树林。

马在出发时，它的主人告诉它："你将要去的那个村庄叫林庄，在西方。林庄和这里相距50公里，中间有一条土路。你沿着土路走，在途中会看到许多里程碑，基本每2.5公里就有一块。等你到达林庄后，把货物卸到庄子前面的那个林子里就可以了。"听完主人的吩咐后，马就上路了。在途中，马基本每走2.5公里就会发现路旁有一块里程碑。因此，每经过一个里程碑时，它就会欣慰地想：目的地又缩短了2.5公里。于是，它的脚步也轻快了很多。就这样，它很快到达了林庄，那时天刚过正午。

职场箴言

在用人的时候，一定要让所用之人充分参与到工作中来，让他充分了解自己的任务。这样，他会带着目的去执行任务，积极性自然就会高。如果，他不知道自己在做什么，也不知道何时能做完，时间不长，他就会对自己的工作感到厌倦，积极性也就消失了。这样的话，他是不可能高效完成任务的。

经典案例

2003年11月底，牛根生与蒙牛的高管在北京郊区的一个度假村召开了为期两天的会议。会议的主题就是商讨并制订蒙牛2004年的销售计划。

首先，牛根生提出了2004年的销售目标：90个亿。高管们听到这个数字，一片哗然。因为2003年的销售总额只有45亿，一年之内就要实现翻一番的目标太难了。更何况乳业属于资源依赖性行业，也就是说要想达到90亿的销售额首先必须要有能支撑起这个销售额的奶源，可是蒙牛没有。因此，这个销售目标遭到了绝大多数人的反对。

这时，牛根生说："大家先不要想90亿的销售能否做到，我们先讨论一下要实现90亿的销售目标，我们有什么问题，如何处理这些问题。"经过再三讨论，一个又一个问题被提了出来。最后，大家达成了一致：只要做到提高源奶产量并扩大生产线，扩张渠道并加大营销的力度，那么，未来一年内完全可以实现90亿的销售目标。在这两天的讨论中，蒙牛的高管们逐渐发现原来这些问题都是可以解决的，因此，不仅这个90亿的销售目标得到了他们的认可，他们还明确了实现这个目标的途径以及各自所承担的责任。

开完会后，高管们带领自己手下的员工积极地投入到了工作之中。因为工作任务看得见、摸得着，所以他们工作起来特别有激情。

忠诚于猎人的狼
——用人不疑

一位猎人在森林中捕猎时发现了一只狼。这是一只刚出生不久的、失去了母亲的小狼。出于同情，猎人把小狼抱回家，让它和猎狗住在一起，并把它当作猎狗驯养。猎人还经常带着小狼去打猎，小狼不但表现得很勇敢，而且帮助猎人捕获了许多猎物。因此，猎人很喜欢它，还经常奖励它更多的食物。可是，这种融洽的局面很快就被打破了。有人警告猎人，说："狼毕竟不是猎狗，即使你把它驯养成猎狗，它还是一只狼，有狼凶狠的性情。"从此，猎人对小狼的态度发生了改变。

一天，猎人甚至要向小狼开枪，因为他害怕小狼长大后会伤害自己。出于生存的本能，小狼躲过了猎人的子弹，然后逃走了。在森林里，它终于变成了一只纯粹的狼。几年后，猎人在一次捕猎中和它相遇了。猎人又举起了枪，这头狼迅速地扑过来，在猎人开枪之前咬死了他。狼在猎人临死时对他说："今天会有这样的结果，都是你一手造成的。"

职场箴言

中国传统的用人方式是：用人不疑，疑人不用。如今在职场中，这一理念仍然适用。用人者对员工不信任，就会伤害员工的自尊心，削弱他们的归属感，最终会加大企业的离心力。如果用人者能与员工建立起彼此信任的关系，那么员工的责任感与使命感就会增强，员工的潜能和积极性也会被激发出来，这对企业的发展至关重要。

　　早在1984年，美国王安公司的营业额就高达33亿美元，员工多达2.48万人。在企业的经营管理中，美国高管并没有得到王安的信任。在王安看来，他们毕竟不是家族内的人，属于"外人"，岂能放心。所以，在企业发展的关键时刻，王安把公司的重要权力交给了自己的儿子，而不是本应获得这项权力的美国高管。此外，王安还安排了其他的亲人到重要岗位上，意图监督他人的工作。王安的这一行为激怒了公司的高层主管，他们纷纷辞职离去。由于人才大量流失，而王安安排的人又没有实际工作能力，最终公司业绩下滑，以破产告终。

　　反观格力的发展，我们就更能体会出"用人不疑"的重要性。担任格力公司总经理的朱江洪是一个慧眼识英才的领导者，他把一个普通的业务员提拔为经营部部长，这个业务员就是董明珠。因做事风格的缘故，董明珠得罪了很多人，可是朱江洪一如既往地支持她，让她放手去干。正是在朱江洪的支持和信任下，董明珠进行了雷厉风行的改革，并取得了辉煌的成绩。可以这样说：没有董明珠，就没有格力的今天。可是，如果没有朱江洪对董明珠的充分的信任和支持，也就没有董明珠的辉煌业绩，更不会有今天的格力。

刺猬法则
——和员工保持一定距离

　　冬天，森林里的几只刺猬被冻得瑟瑟发抖。为了暖和一点，它们决定靠在一起取暖。可是它们相互靠近后，每个人身上的刺又会刺到对方。为了不被刺到，它们只好分开了。可是天实在太冷了，它们不得不再次靠近取暖。这时，同样的问题发生了，刺痛使它们再度分开。相互取暖，就无法忍受彼此带来的刺痛；索性分开，又无法忍受严寒的侵袭。靠近、分开，分开、靠近，刺猬们就这样反复挣扎着。终于，它们发现了一个合适的距离，这个距离不但可以使它们免受严寒的侵袭，而且不会被彼此刺痛。

▌职场箴言

　　刺猬法则其实就是人与人交往的心理距离。如果将刺猬法则运用到管理实践中，那么就是说，身为管理者的你要与员工保持适度的心理距离，既不要显得过分亲近，也不要显得过分疏远。过分的亲近和疏远都是不好的，而适度的心理距离不但可以消除员工的戒备心理和紧张心理，也可以避免员工对你的过度奉承。这样，员工既会尊重你，也不会忘记自己的身份和职责。

▌经典案例

　　斯通是通用电气公司的前总裁。他在工作中很注意运用刺猬法则，特别是对公司的中高层管理者，他在交往中尤其注意。

在平时的工作中，这位总裁对管理者们表现得很关爱，在待遇方面，也表现得很慷慨。可是工作之余，斯通从来都没有邀请他们到家里做客，同时也拒绝接受对方的邀请。斯通和员工之间这种适度的心理距离，为他树立了一个既平易近人又略带严肃的形象。这种形象，既保证了公司言论畅通，又保证了公司各种制度、政策可以得到有效执行。所以，在斯通管理期间，通用得以快速发展。

驴子和骡子——建立公正合理的薪酬制度

　　该驮运东西了，主人把货物平均分成两份，分别放到驴子和骡子的身上。这时，驴子发现自己驮的货物竟然和骡子一样多，于是抱怨说："骡子比我多吃一倍的食物，却和我驮同样多的货物。"

　　主人没有理它，而是拉着它们上路了。刚走了一小段路，驴子就有些支撑不住了，走路的速度明显下降了。主人见状就把驴身上的一些货物放到骡子的背上。又走了一段，驴子又支撑不住了，走得更慢了。主人就又从驴身上卸下一些货物放到骡子背上。最后，驴身上的货物全部放到了骡子的身上。这时，主人对驴说："难道你现在还认为骡子不应该比你多吃吗？"

▌职场箴言

　　在制定薪酬制度时，用人者应该让员工的能力差异在待遇上有所体现。能力比较强的员工承受的压力比较大，付出的劳动也比较多，因此工资待遇应该高一些。能力较低的员工，工资待遇相应应低一些。为了让工资较低的员工认识到不同级别工资的合理性，避免产生不满情绪，你还应该创造机会让其认识到高工资员工的做事能力也高。如果你能够根据不同员工的工作性质和工作能力建立科学的奖惩制度，那就不但可以提高员工的工作积极性，还能促进事业更好地发展。

在电信行业，诺基亚的成功是一个传奇。它从一个造纸的小公司起家，经过130多年的发展，成功走向世界。这一切成果的取得，得益于诺基亚的管理者制定并实行了公正而富有竞争力的薪酬制度。在诺基亚，管理者会为精英员工制定很高的薪酬标准，这样可以吸引出色的人员加入。同时，企业中越高级别的员工，其薪酬就越高出同行的别家企业，这样高层人员的稳定性就有了较好的保证，公司可以避免高层动荡带来的危害。正是在这种富有竞争力的薪酬体系下，诺基亚的企业发展保持了良好的状态。

相反，汾煌的管理者实行的薪酬制度就是失败的。汾煌曾经在做果冻项目时，空降了一位技术"人才"。在没有对此"人才"进行综合能力考核前，用人者就盲目将果冻项目的资源全部交给此人，而且给予月薪8000并配车一部的待遇。后来，此人几经试验都没有开发出新产品，不得不悄然退场。而同时，给汾煌带来巨大利润的功臣胡锐程却一直没有晋升为总工程师，而且月薪也一直只有2000元。因为用人者并没有合理使用人才，也没有制定合理的薪酬制度，汾煌发展的脚步越来越蹒跚。

合作制胜：

打造无敌团队

羚羊、乌鸦和老鼠
——团队是一种力量

羚羊、老鼠、乌鸦组成了一个小集体，快乐地生活在一起。有一天，头脑简单的羚羊在独自游玩时遇到了猎狗，被逼进了猎人的陷阱里。已经到了吃饭的时间，可是老鼠发现羚羊还没有回家，就对乌鸦说："都快吃饭了，羚羊怎么还不回来？难道发生了什么事情吗？"

乌鸦听了心里也有点发慌，忙说："我还是赶快去看看吧。"乌鸦在森林上空望呀望，终于看到了在陷阱里挣扎的羚羊。乌鸦赶快回来和老鼠商量，最后做出决定：解救羚羊。它们赶到了羚羊出事的地点，老鼠用锋利的牙齿咬断了陷阱里的网结，救出了羚羊。就在这时，猎人出现了，怒喝道："是谁放走了我的猎物？"老鼠赶快逃进了洞里，乌鸦飞上了枝头，羚羊快速消失在丛林中。

等猎人走后，3个好朋友又聚到了一起。

职场箴言

在这个寓言中，正是因为老鼠、乌鸦、羚羊组成了一个团队，所以陷入危难的羚羊才得以逃出猎人的陷阱。同样，一个人即使再优秀，也难免会有弱点，因此，和更多人组建一个团队，你就可以充分发挥长处，跟随团队更高效地实现工作目标。只要合作得当，相互取长补短，团队中各种各样的人才，都将成为你工作中的好帮手。与他人共同打造一个无敌的团队，这会成为你职场制胜的法宝。

经典案例

某地有一家饭店，开业已经两年，但生意一直不好，面临倒闭的危险。为了拯救岌岌可危的饭店，该店老板特意请来一个为酒店经营出谋划策的专业团队。

这个团队的核心成员有3位：1号成员是一位出色的营养师和市场调研师，2号成员是一位杰出的营销策划人，3号成员是一位拥有广阔人脉的高级厨师。

他们用10多天时间对当地的市场环境做了全面的调查，发现由于当地人口味偏重，所以大街上多是些湘菜、川菜馆。该饭店也是因为敌不过这些同类型的饭馆而陷入如此惨境的。最后，这个团队为饭店制订出策略——转型成为越南菜馆。饭店老板对此感到非常吃惊：越南菜清淡，偏甜辣，似乎与当地人口味不符，而且当地从未有过越南菜馆，这样做是不是太冒险了？尽管有诸多疑虑，饭店老板还是决定让营销团队实施他们的方案。

其实该团队让饭店做越南菜是有其考虑的。1号成员事前做过调研，他发现越南菜的原料和调料都是纯天然的食材做成的，并具有健康、瘦身、味道独特、造型清新等特点，能满足现代都市人的需要。因此，开办越南菜馆大有利益可图。

很快，2号成员为饭店制订出了一系列响亮的宣传口号："吃出健康美丽，吃出完美身材。""本地独此一家。""饮食新时尚。""越南菜——今天你吃了吗？"这些口号成功地引起了当地人的兴趣和好奇心，一时间人们议论纷纷，都想到该饭店"一尝究竟"。

同时，3号成员为饭店请来了一批优秀的厨师，他们既能做正宗的越南菜，又能根据当地人的口味对越南菜进行改良。

　　很快，饭店生意就步入了正轨。3个月后，它就成了当地生意最火爆的饭店。

　　设想一下：如果这3名成员没有组成团队，1号成员的工作也许就是为一些健康爱好者搭配食谱，2号成员可能在一家策划公司为别人打工，而3号成员则可能永远在某一家饭店担任大厨。虽然他们各有专长，却永远不可独自拯救一家濒临倒闭的饭店。相反，他们选择组成一个团队，既能发挥特长，又能互补长短，最后更是借助团队的力量，开创了自己事业的新高峰。

解掉缰绳的马
——团队纪律要严明

骑师有一匹很乖巧的马。每当马鞭扬起时，马儿就无条件地任他支配，后来，马儿甚至可以听明白骑师说的每一句话。骑师对马儿的表现非常满意，渐渐觉得给这么听话的马儿套上缰绳不仅有些多余，而且有些残酷。想到这里，他干脆就把马儿的缰绳解掉了。对于马儿来说，解掉了缰绳就是摆脱了束缚，它可以在广阔的原野上自由地奔跑了。刚开始时，马儿只是抖动马鬃，迈着阔步，仿佛在逗主人开心。马儿最终确定身上再无约束时，放开了胆量。此时，它不仅双眼冒火，而且脑袋充血，长时间的约束和压抑终于爆发了，它在广阔的草原上飞驰起来。

尽管骑师的骑术很高，可是他现在已经无法控制这匹原本乖巧的马了。骑师想重新给马儿套上缰绳，可是马儿并不接受。它在飞速奔跑中把骑师摔了下去。马儿继续不辨方向地疯狂奔跑，结果掉进深谷摔死了。

骑师非常伤心，痛哭道："这一切都是我的错！如果我不解下缰绳，马儿还是一匹乖巧的马，它也不至于有现在的下场。"

职场箴言

团队的纪律就是成员的行为准则。如果团队制度完善，纪律严明，管理规范，那么团队成员的素质也会在各种行为准则的约束中逐渐提高。这就好比一支军队，只有严明的制度和钢铁一般的纪律，才能培养出优秀的士兵。如果你对团队成员时而严管，时而放任，无节制，无规律，就很可能在团队内部造成不安定因素。因此，作为一名合格的团队负责人，你就必须制定出规范的团队纪律，并要求成员严格遵守，这样你的团队才可能成为职场上的一支劲旅。

经典案例

巴顿是美国历史上的一名四星上将。尽管他被认为是最有个性的一名军人，但是，他也以绝对服从纪律和上司的命令闻名。作为一名军人，巴顿深知军人的天职就是服从命令，他说："严明的纪律不仅可以使部队保持持续的战斗力，而且可以使士兵们发挥出自身最大的潜力。因此，纪律是至关重要的，是绝对不可动摇的。"

乔治·福蒂曾在他的著作《乔治·巴顿的集团军》一书中写道："巴顿在1943年3月的一天被授命为第二军军长，用铁一般的纪律率领着第二军前进。巴顿经常深入到各个部队、营区进行检查，每到一处都会要求士兵严格执行军队细则，诸如如何打领带、如何绑护腿、如何戴钢盔和如何携带随身武器。对士兵要求如此之严格，这不得不让人担心：美国历史上下一个最不受欢迎的指挥官可能就是巴顿。但是，在巴顿的领导下，第二军变成了一支不但具有荣誉感而且具有顽强战斗力的部队……"

伟大的巴顿将军用铁一般的纪律训练出了一支钢铁般不可战胜的军队，这对身为团队负责人的你来说，具有不可忽视的启示意义。

逃跑的狼
——与团队共进退

有一只狮子国王准备扩张自己的领土，因此，它打算发起一场战争。在国王的号召下，动物王国的每个臣子都不得不向国王表示忠心，并要为了所谓的荣誉而英勇奋战。就连狡猾的狐狸也不敢不宣誓，因为狮子正在一旁扬着爪子。

狮王集合起所有的臣子，开始发号施令，命令大家一直前进，直到打败对方。可就在战争即将爆发时，狮子却退回洞里休息去了。看到这种情形，狼就打算逃跑了。狐狸有些不解，问狼怎么敢有如此行径，狼说："连我们的首领都不愿意和我们一起作战，我们还用为它卖命吗？"

职场箴言

管理学家认为，一个伟大团队的诞生，不是管理出来的，而是领导出来的。在关键时刻，团队负责人必须站出来，亲临现场，和员工共同努力解决问题。如果你是一名团队负责人，那么你就是这个团队的领头羊，你除了要具备出色的个人素质外，还要有和下属同甘共苦的精神，并且要让下属明白你很感激他们对团队所做出的努力。只有与团队共进退，才能打造出一个无敌团队。

经典案例

马云创立阿里巴巴的时候，他的团队包括他自己在内共有18个人。

1999年，马云决定回杭州创业，他对这些人说："我这次南下等于是从零开始，你们愿意跟着我的，我非常欢迎，但是每月只有500块的工资，不愿意走的，我绝不强求，我会为你们介绍个好工作。你们可以认真考虑，3天后再给我答复。"没想到，只过了5分钟，这些人就纷纷表态，愿意同他一起创业。这18人的创业团队也被称为"阿里巴巴的十八罗汉"。

当年春节前夕，马云领着一行人来到了杭州，开始了艰苦的创业之路。马云曾用教书积攒下的积蓄，在杭州的湖畔花园买了一套150平方米的房子，还没有入住，现在正好用来做他们的创业基地。

创业需要资金，但马云不让团队成员向亲戚朋友借钱，他说："跟家人借钱，无异于拿他们的钱去赌！如果我们失败了怎么办？就是赔也要赔自己的钱！再说我们有这么多人，一定会有办法，肯定能渡过难

关。"接着，他把所有的积蓄都拿了出来，其他人也纷纷拿出自己所有的钱，最后凑出了50万元，这就是阿里巴巴的创业资金。在马云的带领下，所有人都没日没夜地工作。当时马云规定的上班时间是早9点到晚9点，但此规定形同虚设，因为他们常常加班，有时候太晚了，就直接在一间小会议室里打地铺将就一晚。后来有团队成员回忆说："早上起来，周围横七竖八躺的都是人，屋里还隐隐发出一股臭味。但那时候满脑子想的都是工作，根本没时间理会这些。"

有时候，马云会带着大家坐在小区凉亭里，为他们讲述互联网的发展形势，为他们描绘阿里巴巴的美好未来。最终，阿里巴巴发展壮大了，虽然在这个过程中有过很多艰难困苦，但无论如何，十八罗汉都从未离开过阿里巴巴。作为团队带头人的马云，始终冲在奋斗的最前线，与团队成员同甘共苦，与他们同进同退，最后终于创造出了阿里巴巴今日的辉煌。

长两寸，短四寸
——明确团队分工

明天就是大学毕业典礼了，为了风光地度过这最后的美好时刻，阿东特意上街买了条裤子。拿回家后他才发现，裤子长了两寸。晚饭的时候，阿东对在场的奶奶、妈妈和姐姐说自己买的裤子长了两寸。可是，当时大家都没有反应。吃完饭后，大家都各自忙各自的事情。

临睡前，劳累了一天的妈妈忽然想起儿子的裤子还长两寸，就轻轻地把裤子裁好后放回原处才去休息。深夜，当窗户被狂风哐地吹开时，姐姐被这刺耳的声音惊醒了。她猛然想到弟弟明天要穿的裤子还没有处理，于是，她赶紧起床，将弟弟的裤子剪好才入睡。奶奶每天都起得很早，起来后就给家人做早餐。奶奶在做早餐的时候想起来昨天晚饭时孙子说今天要穿的裤子还长两寸，于是赶紧找剪刀，把裤子裁了两寸。

最后，阿东只能穿着短四寸的裤子去参加他的大学毕业典礼了。

职场箴言

一个团队如果仅有良好的愿望和热情是远远不够的，还需要有明确的分工。明确的分工，既可以避免重复劳动，又可以提高工作效率。就像寓言中，如果阿东对奶奶、妈妈、姐姐说到裤子的事时，她们3个能够明确这件事应该由谁来做，就不会发生剪了又剪的荒唐事了。如果你是一名团队负责人，你就要明确整个团队的分工；如果你是团队中的一员，你就要牢记自己的职责。

经典案例

一天，里兹·卡尔顿酒店的高尔夫俱乐部迎来了3位前来度假的客人，他们是史密斯夫妇和他们的孩子。在他们入住酒店时，史密斯再三嘱咐礼宾部的工作人员，说他们的孩子对小麦和麦麸过敏，请餐饮部千万要小心，不要为孩子提供含有这两种东西的食物。

礼宾部的工作人员把这事记了下来，迅速告知了餐饮部经理劳拉。随后劳拉便通知了餐饮部的所有工作人员，要对这名小顾客格外照顾，同时对他们进行了明确的分工，之后工作人员就开始行动起来。食品采购员在向医学和膳食方面的专家请教过后，便到多家商店采购了适合孩子的食物；之后，配菜师根据采购回的食物制作了一份食谱；接着，点餐员根据食谱专门制作了一份菜单；最后，劳拉把这份菜单分配到酒店的各个餐厅，并又一次提醒工作人员注意。

当史密斯夫妇领着孩子在餐厅出现时，服务员马上迎了过去，并递上了菜单。史密斯太太问服务员："请问这上面哪些菜不含有小麦和麦麸？"服务员笑着回答说："这份菜单是我们特意为您的孩子制作的，上面的每道菜都不含这两种成分，并且非常营养，请您放心点用！另外，我们酒店里的其他餐厅也都配备了这份菜单，无论您带孩子到哪用餐都尽可放心。"

可以说，里兹·卡尔顿酒店的专业服务让所有人赞叹。如果你也想让你的团队取得如此成绩，请记得一定要对他们的工作进行明确划分。

黑羊和白羊
——团队需要多样人才

有一个叫汤姆的农夫，养了一群羊。在放牧时，汤姆总是赞美地唱道："我雪白的羊儿，是多么的可爱……"可是让汤姆感到遗憾的是，他的羊群中还有一只不太好看的黑羊。于是，汤姆心里想着等黑羊长大后就把它卖了，那样他的羊群里就全部是漂亮的、可爱的白羊了。

冬天来了。有一天，汤姆赶着羊群到了一个遥远的牧场，不幸遭到了暴风雪的袭击。他和羊群走散了。等暴风雪停息后，他发现牧场白茫茫一片，根本找不到自己的羊群。这时候，远处晃动的小黑点引起了他的注意。汤姆朝着小黑点跑过去，发现小黑点竟然就是那只他讨厌的黑羊，而且其他的白羊也在这里。汤姆激动地抱起黑羊："可爱的黑羊，多亏了你！"

春天来了。汤姆的羊群里多了几只黑羊。汤姆的歌声也更加响亮："我美丽的羊儿，你们是多么的可爱……"

职场箴言

"不拘一格降人才"，这是团队负责人所应具备的基本素质。随着职场环境的不断变化，纯粹的"白羊"团队已经显得势单力薄，不能有效抗击外界的风险，吸纳多元化的人才，是身为团队负责人的你必须要做的工作。只有努力吸纳和培养各类人才，努力做到人才的多元化，你的团队才能在竞争中立于不败之地。

多样化的人才会给团队带来生机和活力，这已经成为许多企业的共识。

在索尼（中国）有限公司里，员工的国籍已经呈现出多元化的趋势，除来自日本的员工之外，来自新加坡，中国香港、台湾等国家和地区的外籍员工也很多。这些员工在其原属公司积累了宝贵的经验，对索尼在中国扩大业务做出了积极的贡献。到2007年3月31日，索尼（中国）本地员工中女性员工数量已经占到了总员工数量的41%，这个比率说明索尼（中国）也很关注女性员工的职业发展。这些女性员工也往往能在公司中发挥自身的性别优势，出色完成适合自己的工作。

不仅索尼如此，日本还有很多大公司也会吸纳外国人成为公司总部的全职正式员工。例如松下电器、东芝公司、瑞穗银行等。2006年，松下电器在日本招聘的750名员工中，有30人是外国人，100个非工程岗位的员工中，将近半数为女性。一位著名的管理者说："只有员工构成多样化的公司，才能满足全球市场多元化的需求，千篇一律的团队只能设计出千篇一律的产品。"

狐狸对狮子的看法
——沟通让团队更和谐

狮子和狐狸都生活在森林中，可是它们对彼此有着不同的看法。狮子很讨厌狐狸，因为它认为凭借力量捕获食物才是最光荣的，像狐狸一样靠"头脑"捕获食物是可耻的。它认为所谓的"头脑"是人才有的东西，而动物应该和人类划清界限。狐狸尽管想跟狮子说明"头脑"是有用的，可是狮子并不给它机会。

一天，猎人的捕兽器夹住了狮子的脚，如果不尽快拿掉捕兽器，狮子很可能就会失去这只脚。时间不长，这则消息就传遍了森林。狼、熊、豹子、老虎等都跑来帮助狮子。尽管它们都非常勇猛，可是面对一个小小的捕兽器却束手无策。后来，狼建议把狐狸请来。狮子本来不想见到狐狸，可是自己的脚实在很痛，况且传来消息说猎人已经向这里出发了。迫不得已，狮子只好接受了狼的建议。狐狸来了，它凭借自己的"头脑"，很快就取下了狮子脚上的捕兽器。

狮子获救后，开始赞叹狐狸的聪明。狐狸说："您是我们的国王，我很荣幸为您做事，同时也很高兴，因为通过这件事您终于改变了对我的看法。过去您总是没有给我发言的机会，今天，我们终于可以借助这件事好好沟通了。"

经过狐狸的一番言论，再加上今天发生的事，狮子终于认可了"头脑"的力量。狐狸和狮子的矛盾消除了，森林王国也更加团结了。

职场箴言

团队中所谓的沟通，就是团队成员间彼此交换思想并适应对方的思维模式，最终使所有人对讨论的问题达成共识。也就是说，你要让他人理解自己的观点，你也理解他人的观点，在此基础上最终达成共识的沟通才是有效的沟通。在团队中，成员的差异越大，就越需要进行有效沟通。因此，作为团队的一员，你要充分了解自己和他人的特点，针对不同的特点调整沟通的方式，以便达成共识。

经典案例

拿破仑·希尔是伟大的成功学大师。他在年轻时就想创办一份杂志，但苦于没有足够的资金做支撑。后来，他和一家印刷厂合作，在芝加哥创办了一份教导人们如何成功的杂志。他很热爱这份工作，并且投入了很多精力，同时也收获了很多乐趣。

虽然这份杂志办得很顺利，但是他和合伙人之间存在很多不同意见。在工作中，他们常常会因为意见不合发生争吵，这让他们之间的关系变得紧张起来。同时，杂志的成功让其他出版商感觉到了压力，于是一家出版商听说他和合伙人的矛盾后就立即买下了他合伙人的股份。杂志没有了，他不得已离开了自己热爱的工作。经过思考，他认为自己之所以失败是因为没有和合伙人进行有效的沟通，也没有组建一个合作的团队。这次经历让他损失惨重，但也给了他很多经验教训，这些都为他日后的成功播下了种子。

拿破仑·希尔离开芝加哥前往纽约，想在那里重新开始。他再次创办了杂志。这一次，他吸取了失败的教训，不仅及时鼓励那些占部分股份但没有绝对权力的合伙人共同努力，而且主动和其他合伙人进行有效沟通。在所有合伙人的共同努力下，在短短的不到一年的时间里，杂志的发行量就大幅上升，比芝加哥的那份杂志销售翻了两倍多。拿破仑·希尔终于获得了成功。

篓中的螃蟹
——杜绝窝里斗

一位老人在河里抓螃蟹。他抓到一只后，就顺手放进背上的背篓里。于是，有人提醒老人，背篓没有盖的话螃蟹就会爬出来的。

老人笑着摇了摇头，说："感谢你的一片好心！可我要告诉你一个事实，如果背篓里边的螃蟹想爬出来，其他的螃蟹就会把它钳住，所以，它们一个都爬不出来。"

职场箴言

在这则寓言中，一个没有盖的背篓却成了螃蟹的牢笼，其实真正让螃蟹陷入困境的是它们的"窝里斗"。如果一个团队里的人搞窝里斗，也就是说团队成员之间进行病态的斗争，那么不仅整个团队的发展会受到影响，而且个人也不会有较好的发展。因此，身处团队中的你要摆正心态，注重与同伴合作，因为他们是和你同处一条船上的人。

经典案例

有两个合伙人创立了一家眼镜公司。尽管他们白手起家，尽管发展并不顺利，但为了共同的目标他们紧紧地团结在一起。一个人管内，主抓生产；另一个人管外，负责市场营销，两人里应外合，配合得非常好。

经过几年的快速发展，公司已经初具规模。这时，负责市场营销的人有了一些想法。他觉得如果没有他出去开拓市场，公司就不会有现在的规模。管理生产的人也看出了合伙人的心思，但他觉得如果没有他兢兢业业抓管理、促生产，产品就不会那么好卖。他甚至觉得随便一个人都可以搞营销。

时间一长，他们这种心理上的不满便表现在了行动上。负责市场营销的人要求重新调整股份结构，自己起码占60%，理由是自己付出多，功劳大。对此，管理生产的人持反对意见，他认为负责市场营销的人每天在外面不务正业而且花费巨大，给他50%的股份已经不错了。为股份问题，双方争执不下。

后来管理生产的人夺下了公司。而负责市场营销的人则带着一帮骨干另起炉灶，专门抢原公司的客户。两年过去了，双方的公司都每况愈下，勉强支撑。

然而，两年前与他们在同一起跑线上的企业，如今已成了行业老大。

化解职场危机：
成为职场达人

野狼磨牙——没有危机感是最大的危机

一只野狼闲暇时就卧在石头上磨牙，牙齿被磨得很锋利。狐狸看到野狼锋利的牙齿，心里就嫉妒了，对野狼说："阳光这么明媚，正是休息的好时机，你为什么把自己搞得这么累？别磨牙了，快休息吧。"

野狼没有回答狐狸，也没有采纳它的建议，继续专心磨牙，它的牙齿比之前更加光亮和锋利了。这让狐狸更加嫉妒了，它说："森林里难得像现在这么安全，追捕我们的猎人和猎狗都回家了，威胁我们的老虎也走远了，你怎么还那么用功地磨牙呢？"

这次，野狼说话了，它说："磨牙是平时必须要做的事情。在被猎人和老虎追逐时，锋利的牙齿能帮助我与他们搏斗；在寻找食物时，比如说遇到兔子，锋利的牙齿能帮助我迅速把它们制服。在这样的关键时刻，我稍有疏忽就可能会有生命危险或者失去捕食的好机会。如果在要用牙的关键时刻才想起磨牙，那就晚了。平时做好准备把牙磨好，关键时刻它们就会发挥作用了。"

职场箴言

对于职场人来说，在职场上应该时刻保持危机感，做好迎接危机的准备，就像寓言中的野狼在平时磨牙一样。有了危机意识，你即使突遇危险也能沉着冷静。相反，你就可能会惊慌失措。

经典案例

杨扬是一位著名的短道速滑运动员。在2002年的冬奥会上，她获得了短道速滑比赛的金牌，这也是中国首枚冬奥会金牌。杨扬曾说："我做运动员的时候总是有一种很强的危机感，因为我知道自己并不是那类很有天分的运动员。每天训练结束，我都会仔细总结自己当天的得失，发现问题后就会想办法去改正或者避免这种情况再次发生。后来，在我求学、参加各种社会活动时，我都会让自己时刻带着这种危机感，因为它能让我不断地分析问题、解决问题，它让我学会了思考。"

在杨扬整个运动生涯中，她前后共获得过57次冠军，其中有两次是奥运会冠军。所有人都觉得她已经事业有成了，她却不这么想。她知道，如果就这样止步不前，满足于现状，自己迟早会被社会淘汰。于是，在退役后不久，她就毅然迈进了清华的校门，选择继续深造——她的危机感促使她这么做。在清华的这段既充实又快乐的日子里，她又一次找到了比赛时的激情。

如今的杨扬，已成为一个成功的社会活动家，她参与筹备奥运会，创建希望小学，为品牌代言……因为始终抱着一份"危机感"，杨扬不断进步，终于创造了又一个事业巅峰。

扁鹊的医术——预防是解决危机的最好方法

魏文王问扁鹊："你们兄弟三人个个精通医术，究竟谁的医术最好呢？"扁鹊回答道："大哥最好，二哥中等，我的医术最不好。"听了扁鹊的回答，文王很奇怪，不解地问："既然如此，为什么兄弟三人中你最有名气呢？"扁鹊回答说："大哥是在疾病发作之前就将病治好了。因为一般人还不知道自己有病，所以他们认为医生并没有做什么，这才导致大哥的名气不大。可是我只有等到病情发展到严重阶段时，才能为他们治病。因为效果很明显，大家都觉得我医术好，所以名气才大。"

职场箴言

"预防是解决危机的最好方法"，这是英国著名的危机管理专家迈克尔·里杰斯特的名言。事情结束后再来解决还不如在事情发生时就解决，而在事情发生时补救还不如在事情还没有发生的时候就预防。如果你能防患未然，提前预防潜在的危机，那么你事业的成功率就会提高很多。

预防比治理更重要。人总是等危机发生后再来解决，可是很多情况下已经来不及了，而在危机尚未出现的时候就防患未然才是危机处理的真正高手。

经典案例

一次，一家外企要举行一个新项目的剪彩仪式，邀请了5位市里和区里的领导进行剪彩。仪式快要开始时，台上的领导看到一位相当级别的老领导也来了，便硬拉着他上台一同剪彩。这下可急坏了外企的老总，他想：肯定要出洋相了，剪刀不够啊！

　　就在这时，一旁的办公室主任突然迎了上去，从大衣口袋里掏出了一把剪刀递给了老领导。看着6个人欢欢喜喜地剪完了彩，老总提着的心这才放了下来。后来他问主任怎么知道还会有一人上去，主任轻松地说："我不知道。但就算再来一人我也不怕，因为我另一边口袋里还有一把剪刀呢！我的工作就是要预防意外发生，该备一份的，我总会再多备几份，这样做准错不了。"

墙壁的倒塌
——谨防小祸患成大危机

一只耳号鸟幸运地得到一颗核桃，它把它带上钟楼准备享受香嫩的果仁。可是，耳号鸟不论用爪子踩还是用嘴啄，都没能打开核桃的硬壳。就在耳号鸟休息的间隙，核桃逃走了，拼命地从钟楼上往下滚，最后钻进了墙缝。

耳号鸟守在核桃刚刚钻进去的地方，等待墙壁把核桃交出来。眼看自己又将陷入绝境，核桃只好求助于墙壁。它央求道："墙壁大哥，你的高大和厚实让我感到安全。我一出去就会遇到危险，现在只有你能救我了。你就可怜我一下吧！"

耳号鸟听到后，就告诫墙壁："你不要听信它的花言巧语，它可是个危险人物。"

墙壁有些不屑地说："它那么弱小、可怜，怎么会危险呢？你不要欺负它。"于是，好心的墙壁决定帮核桃躲过这一劫。耳号鸟没有得到核桃，失望地飞走了。

春天来了，核桃发了芽，长出了根须，并逐渐长大。它长出的枝叶试探着向墙缝外伸展，没多久枝叶就长到钟楼上了。而且，核桃不断长大的根须逐渐威胁到墙壁了。直到有一天，粗壮的根须把墙壁彻底毁坏了。当墙壁发现核桃是罪魁祸首时，已经晚了。墙壁已经倒塌了，而核桃树还在茁壮地生长。

职场箴言

在这则寓言中，墙壁因为忽视了一个小核桃的存在，结果被不断长大的核桃树弄倒了。同样，身在职场上的你也可能犯这样的错误，因为自身的实力、地位等原因而忽视细枝末节的小问题，最终导致小祸患酿成大危机，而那时，悔之已晚。

经典案例

1985年，张瑞敏接任青岛电冰箱厂（即日后的海尔）厂长。一天，他的朋友来找他买冰箱，谁知连续挑了很多台都有问题，最后好不容易才找出一台没毛病的拉走了。朋友走后，张瑞敏马上派人检查了库房里所有的冰箱，最后发现，400多台冰箱里竟有76台存在着各种各样的问题。于是他把厂里所有工人叫到车间，问这该怎么处理。很多工人说，这些小问题也不影响使用，直接低价卖给员工得了。张瑞敏说："我今天若同意你们把这76台冰箱卖了，明天你们就还会造出760台同样的冰箱。"接着，他宣布要把这些冰箱全部砸毁，在谁那儿出的问题就由谁来砸，并带头砸了第一台冰箱。那时，一台冰箱差不多800块钱，相当于一个工人两年的工资。很多工人是含着泪把冰箱砸毁的。最后，张瑞敏又说："只要有一点点缺陷，这个产品就是废品！"3年后，在张瑞敏带领下的全新的海尔集团，拿到了我国冰箱行业的第一项国家质量金奖。

当初，若张瑞敏也和员工一样，认为那76台冰箱存在的缺陷并不影响使用，将这些问题置之不理，那就不会再有今天的海尔集团了。幸而，他在危机还处于萌芽之时，及时将其发现并扼杀，这才带来了海尔日后的辉煌。而你也应同他一样，不要忽视任何微小的问题，不然小问题有一天终将成为大问题。

狗、公鸡和狐狸
——临危不能乱

天黑了，一只四处游荡的公鸡跳到树枝上准备睡觉。还没睡着的时候，它看到一只狗走到树下，趴到树下的草丛里也开始睡觉了。

天快亮的时候，公鸡醒了，发出响亮的啼叫声。一只狐狸听到公鸡的叫声，便想到了美味的鸡肉。于是，狐狸循声来到树下，对公鸡说："多么美妙动听的歌声啊！这是我听过的最好的音乐了。你快下来，我们一起唱歌吧！"

公鸡不紧不慢地说："我在树上，也可以和你一起唱歌啊。"

狐狸眼珠一转，又说："那我来教你跳摇摆舞吧！"说着就要摇动树干，想要把公鸡摇下来。

公鸡并没有惊慌，而是冷静地说："我只会唱歌，但我的姐姐很会跳舞，可惜不久前它的腿折了，不然它可以陪你跳。它现在正在下面的草丛里睡觉呢，不信你可以问它。"

狐狸一听，急忙向草丛跑去。这时，狗猛地蹿了出来，将狐狸一口咬死了。公鸡在面对危险的时候并没有慌乱，而是机智地化险为夷。

职场箴言

这则寓言告诉我们，在危机到来的时候，你应该沉着冷静。也就是说，在越关键的时候越要表现出理性和从容。只有这样，你才可能控制危机，而不是被危机控制。职场中的竞争，不但是实力的较量，还是心理素质的较量。在激烈的竞争中，你越是沉着冷静，就越拥有胜算。

经典案例

1999年6月中旬，在比利时和法国，消费者在饮用可口可乐后出现了不适，有的甚至出现食物中毒的症状，这一事件在欧洲国家引起了不小的震动。很快，比利时、法国和荷兰政府同时宣布：禁止销售可口可乐。在这种情况下，中国也对可口可乐中国公司进行了检查。这无疑是可口可乐公司总裁职业生涯中面临的一个重大危机。

在这样严峻的形势面前，总裁沉着应对，迅速制定了解决危机的三条方案：第一，表明态度。对此，总裁命令所有高层亲自前往比利时和法国，处理饮料污染事件，并向当地受害者道歉。第二，澄清事实。在比利时委托一家独立的卫生检测机构，调查事故原因并公布调查结果，证明此次污染事件是发生在局部地区的偶然事件。第三，抓住时机。抓住中国相关部门检查合格的机会，向公众说明受到污染的可口可乐没有进入中国市场。

总裁这些得当的处理方法让可口可乐公司终于化险为夷。这场危机的化解，正是因为决策者具有沉着冷静的优秀职业品质。一个肩上背负着整个公司责任的人，尚且能够如此冷静，何况只背着自己那一摊事业的你？要记住，面对危机，只有冷静下来，理智分析，沉着应战，才能更快化解危机。

亡羊补牢，为时未晚
——积极面对危机

有个农夫养了一群羊，想着等羊长大后卖了钱就可以给女儿买新衣服了。可是，一天早上他去放羊的时候，一只羊不见了。农夫发现原来是羊圈破了一个洞，狼就是从这个洞钻进去叼走了他的羊。邻居对农夫说："赶紧把羊圈的洞堵上，羊就不会少了。"

农夫失望地说："我的羊都没了，堵那个洞还有什么用？"

农夫没有听从邻居的建议。他第二天去放羊的时候，发现又有一只羊不见了。原来，狼又从那个洞钻进去叼走了他的羊。

这时，农夫才后悔没有听邻居的话，如果把洞堵上他就不会失去第二只羊了。想到这里，他立即动手把洞堵上了，并且加固了羊圈。从那以后，狼再也没有机会叼走他的羊了。

职场箴言

作为一个职场人，你必须要明白：当你的事业出现危机时，你需要积极面对并努力解决，而不能任其发展，否则就会酿成更大的危机，你的损失也会越来越大。

经典案例

当年，艾柯卡依靠多年的努力，终于爬上了福特汽车公司总经理的宝座。但后来，上天同他开了一个玩笑，让他从事业之巅重重地摔了下来：福特公司的大老板亨利·福特将他解雇了。一时间，艾柯卡无法接受这个事实，因为他在福特公司辛苦工作了20多年才当上总经理，在总经理的位置上也兢兢业业干了8年，他所有的热血都献给了福特公司，可是现在，他居然被解雇了！54岁的艾柯卡，遭遇了事业上最大的一次危机。他消沉了一段时间，但出人意料的是，没过多久他就又恢复了干劲，积极找寻新的工作。因为他想通了：既然艰苦的日子已经到来了，那我也没有别的选择，只能咬紧牙关想办法渡过。

当时很多公司都向艾柯卡伸出了橄榄枝，例如洛克希德、国际纸业等大公司。但他认为自己已经50多岁，到新的行业另起炉灶太迟了，而且他还深深热爱着汽车行业，所以最后，他选择到面临倒闭的克莱斯勒汽车公司出任总经理。

艾柯卡到了克莱斯勒，才发现它存在的问题比他想象的要大得多：公司的秩序混乱，员工自由散漫；副总经理玩忽职守，没有人指挥调度；缺乏流动资金；现有车型没有市场竞争力，产品存在安全隐患等。

但艾柯卡没有被这些问题吓倒，而是凭着自己多年的管理经验以及智慧和魄力，对公司进行了彻底的整顿和改革。同时，他还凭借自己傲人的口才，说服了国会议员，为公司争取来巨额贷款。

之后，艾柯卡下令开发一款新型汽车——K型车。这个命令一下达，克莱斯勒所有的员工顿时振奋起来，就如同久居黑暗已渐近绝望的人们，突然看到了一丝希望的曙光。

最后，K型车终于上市了，凭着舒适的设计、强劲的动力、宽敞的乘坐空间，以及完美的线条，马上受到了人们的喜爱。靠着这款车型的热销，克莱斯勒很快就起死回生，不久就发展成为仅次于通用、福特的美国第三大汽车公司。艾柯卡把他生平见过的最高面额——8亿多美元的支票——递到银行代表手上的这一天，还清了克莱斯勒欠下的所有债款，同时，这天与亨利·福特开除他刚好相隔整整5年时间。

第二年，艾柯卡骄傲地向世界宣布，他领导下的克莱斯勒公司这一年盈利为24亿美元——比公司历年的盈利总和还要高。

可以想象一下：艾柯卡如果面对危机不是积极努力而是消极躲避，还能取得如此突出的成绩吗？危机不会因为你的躲避而消失，相反它会越来越大，因此你应该立刻采取措施，将危机踩在脚下。

假装老鼠的蝙蝠
——灵活迎战危机

有一只蝙蝠在树上睡觉，大概是做了一场美梦，一不小心从树上掉了下来。这也不是什么大事，但可怕的是，树下住着一对黄鼠狼夫妇。

当时黄鼠狼先生正在自家门前散步，突然看到一只"鸟"掉了下来，这下可高兴坏了，一把将其抓住。正要往嘴里送，它却突然惊异地叫出声来："这只鸟怎么像一只老鼠似的？要是肮脏的老鼠，我可不愿吃。"

蝙蝠连忙对黄鼠狼说："黄鼠狼先生，我就是一只老鼠啊，你看我这对翅膀，根本就没有羽毛，哪有鸟会不长羽毛的呢？"

黄鼠狼听后再细细端详了一阵，觉得这只蝙蝠确实像一只老鼠，于是失望地说："我还以为能够美餐一顿，没想到抓住的是只老鼠。你滚吧，别再让我看到！"

蝙蝠幸运地逃过一劫，它为自己的聪明得意扬扬。

第二天，自负的蝙蝠依然在那棵树上睡觉，没想到，它又因为做梦不小心掉了下去。

这次，恰巧遇到黄鼠狼太太正在自家门前晒太阳。黄鼠狼太太把蝙蝠抓住后也是喜不自禁，正想一口把它吃掉，突然听到蝙蝠说："太太，太太，我是一只老鼠啊，全身都脏透了，千万不要因为我脏了您的口！"

黄鼠狼太太高兴地说："我知道你是老鼠，昨天我丈夫就对我说有只老鼠掉在这里，没想到今天又被我碰到，哈哈，我最爱吃的就是老鼠了！"

接着它一口就把蝙蝠吃了。

　　每个职场人多少都遇到过一些危机。有些人战胜了危机，从中总结出一套经验；有些人借助别人的成功案例，从中归结出各种方法，以便靠它解决自己可能遇到的类似危机。但你要知道，经验并不是万能灵药，新的危机出现时，这些过去的经验并不见得有效。世上没有相同的两片叶子，也不会有完全一样的两次危机。你要懂得灵活变通，根据危机的不同情况做出合适的调整，千万不可生搬硬套。

经典案例

　　辛苦了一年，总算熬到年底了。对于今年的年终奖励，会计部的每个同事都很期待。因为前一段时间，正当他们加班加点赶制年终报表的时候，王经理对他们说，只要今年的年终报表做得好，就给加薪5%。可是，如今已经过了腊月二十，王经理却对加薪的事儿只字不提。

　　会计部的同事们不禁心里打鼓，议论纷纷，对王经理也越来越不满。其中，小李年轻气盛，很快就沉不住气跑到经理办公室去，要王经理给大家一个明确的说法。

　　王经理打发走小李后，开始犯难：当时，会计部赶制年终报表天天加班，大家都疲惫不堪，整个部门士气低落，自己为了鼓励大家，才随口说了这么一句，没想到现在大家真的要自己兑现，这可怎么办好呢？和其他经理一样，摆足上司的架子，死活不同意？自己才空降到这里不久就失信，以后还怎么服众？跟老板力争？且不说争得下来争不下来，为此得罪了老板，自己这个经理恐怕也干不长了。

　　王经理考虑了很久，终于想到了一个万全的办法：这件事可以灵活处理。按照惯例，公司每年会给各部门一到两个加薪的名额，业绩好的部门还可以多一些，今年会计部业绩突出，争取4个加薪名额应该没有问题。反正自己没说给全体人员加薪，4个名额对大家有个交代，也不算自己失信。另外，会计部年终的5万块钱奖金也已经是板上钉钉的事了，就当作团体奖发下去，也可以安抚一下众人的情绪。

　　第二天，王经理就向公司申请了4个加薪名额，很快便被批准了。接着，王经理便将这个好消息告诉大家。大家集体讨论后，决定将名额给予贡献最大的4个人，而奖金则由全体人员平分。最终，会计部的每个员工，包括王经理在内，都开开心心地过了一个好年。

狮子称王
——不要漠视对手

很早的时候，豹王是森林盟主并具有至高的权威。附近的另一片森林中诞生了一只小狮子，豹王派大臣去探察一下情况。大臣们回来后，都说小狮子有王者之风，并提醒豹王要有所防范。

豹王便找来狐狸商议此事。它对狐狸说："大家都说小狮子有王者之风，是不是你们已经害怕它了？不用担心，它不会对我们造成威胁的，因为它强大的父亲已经去世了。一个可怜的孤儿自身尚且难保，怎么有能力征服别人呢？"

狐狸听了豹王的分析后说："国王，小狮子虽然现在是不幸的孤儿，但是它长大后就是凶猛无比的杀手呀！现在我们要做的不是去同情它，而是趁它势单力薄之时除掉它。如果您实在不愿意除掉它，那么就一定要与它搞好关系，因为小狮子终会像它的父亲一样成为威猛的狮王。"豹王对狐狸的话并没有在意，它坚信自己才是森林之王。

没有了豹王的欺辱，小狮子顺利长成了一头健壮、勇猛、威武的大狮子，并带领它的狮族成员开拓领地。很快，有人就将此事告诉了豹王。豹王得知后，急忙找狐狸来商议。狐狸说："您不要着急！事到如今，我们唯一的办法就是派使者向狮子求和了。我们给狮子送去最美味的肥羊，如果它觉得有些少，我们就再多送几只。这样才能使我们的领土免遭侵害。"

豹王听了狐狸的话后有些犹豫，就在它考虑到底该怎么做的时候，事态已经恶化了。狮子已经攻占了邻国，一路势如破竹，直逼豹王的领土。结果，豹王不敌狮群，它的整个领土都被占领了。

职场箴言

俗话说："职场如战场。"你永远都不要轻视自己的每一个对手，不管他的实力如何，否则，就会像寓言中的豹王那样自食其果。只有重视自己的每一个竞争对手，才能使自己立于不败之地。

经典案例

2002年6月，NBA历史上诞生了第一位外籍状元秀——姚明。在刚进入NBA时，姚明并不被看好。同为中锋的奥尼尔也对这个中国新秀不屑一顾，他曾在一次电视采访中以讥讽的口气学着姚明说上海话："告诉姚明，'ching-chong-yang-wah-ah-soh'。"毕竟，当时的NBA是奥尼尔的天下，人们甚至把能否跟"大鲨鱼"抗衡作为评判中锋好坏的唯一标准，他又怎么会把姚明放在眼里呢？

2003年的1月17日是姚明和奥尼尔的第一次对决。姚明一开始就连续给了奥尼尔3次盖帽。全场下来，姚明共拿下10分、10个篮板和6个盖帽，成为那个赛季第一位在和"大鲨鱼"的对决中拿到"两双"的中锋。赛后，姚明对媒体说，虽然东方巨人暂时无法制服鲨鱼，但那一天为期不远了。但是，奥尼尔不以为意，在随后的赛季中，仍然不断通过媒体批评姚明的比赛。

然而，东方巨人并不因为奥尼尔的忽视而实力消减，而是在不断地成长壮大。第一个赛季，姚明的平均出场时间是29分钟，平均得分13.5分，8.2个篮板和1.79个盖帽，成绩相当不错；第二个赛季，他在平均32.8分钟的出场时间里得到17.5分、9个篮板和1.9个盖帽，已经是一名优秀的中锋了。此后，姚明一直保持着场均20分、9个篮板左右的成绩。

2006年11月13日，休斯敦火箭队客场挑战迈阿密热火队。姚明与奥尼尔再一次相遇，这与他们的第一次对阵已经相隔近4年了。在这场比赛中，姚明拿下34分、14个篮板，而奥尼尔仅仅得到15分、10个篮板。姚明带领火箭以94比72大胜热队，狠狠地教训了"大鲨鱼"，从此成为NBA内线的霸主。

药罐和鹦鹉
——理性面对职场不公

房间里有一只鹦鹉，还有一只药罐。

鹦鹉有着五颜六色美丽的羽毛，它的嘴巴一张一合，讲出的话句句甜蜜动人："主人长寿！主人吉祥！"主人常常被它逗得喜笑颜开。

药罐质地粗糙，也没上过釉，看起来甚至有些丑陋。但熬过中药的人都知道，这样粗糙的陶罐比精美的金属器皿熬出的药效果要好得多。药罐是个默默付出者。主人每次用它熬药时，总是愁眉苦脸。

主人得了重病，每天听着鹦鹉说的吉祥话语，喝着药罐熬出的药。药罐一天天静静地坐在炉火上，任烈火灼烤，任肚子里的苦药翻滚。就这样熬了一年，主人终于康复了。

主人病好后，他最先做的就是把药罐砸个稀巴烂，然后高高兴兴地提着鹦鹉遛弯去了。

▌职场箴言

从这则寓言我们可以看出，职场上有时确实存在不公。也许，有一天你也会遭遇这种情况。不公会使你对外界产生不信任感，你可能会悲叹自己的遭遇，甚至连工作都想丢下不管了。但是，这其实是种非常不好的消极情绪，它使你忽视了自身实力，只想缩在一个狭小灰暗的世界中不肯再探出头来。正确的做法是，勇敢地挺起身来，用你的实力打败不公，而不是被愤懑和抱怨掩埋。

　　唐骏是中国IT行业有名的"打工皇帝"，但即便是他，也曾在工作中遭遇过不公平待遇。他在进入微软后第八个月，被提拔为部门经理，负责将自己开发的Windows多语言版本的引擎模式推广到微软总部，公司还分给了他一个20人的团队。但随即，公司又把唐骏刚进入微软时的一位上司提拔上来，直接掌管唐骏和他的团队。唐骏深受打击：自己的工作业绩明明很突出，公司莫名其妙给他下这一"绊马索"是什么用意？

　　他没有抱怨，更没有放弃，而是调整心态，继续努力，一如既往地勤奋工作。最后，唐骏又得到了升迁的机会，成为微软中国区总裁。后来，微软在中国区的经营战略发生变化。在战略布局上，唐骏又不幸成了一颗被牺牲的棋子，他的职权再次被架空。面对如此不公，唐骏并没有生活在痛苦之中。既然不能继续追求挑战和激情，他宁愿选择另一片天空。

　　2004年2月，带着"微软中国区终身名誉总裁"的"光环"，唐骏正式离开了微软。接着，他又到盛大公司担任总裁。仅用了两个月时间，他使盛大在纳斯达克成功上市，由此掀开自己事业的又一辉煌篇章，这也是他对之前在微软受到的不公的最好回击。

山的分娩
——警惕流言危机

一座大山发出了巨大的声响，仿佛在呻吟。这声音吸引了很多动物跑过来，但它们都不知道将要发生什么事情。它们期待着，议论着将会发生的事情。最后，大家得到的消息是大山将要分娩了，它之所以会这么痛苦地震动，是因为它的儿子是一个巨人。

就在大山要裂开的瞬间，所有动物因害怕遇到危险而奋力逃跑，因为它们不知道新诞生的巨人会怎样对待它们。山林顿时变得空寂下来。

然而，大山裂开后，从里面跑出来了一只老鼠。

▌职场箴言

在这则寓言中，所有动物被一条莫须有的消息弄得四散逃窜。同样，现实生活中的谣言也可能对你产生误导。在职场中，人的想法、职场内部的氛围往往因一些小道消息而发生变化，尤其是在面临危机的时候。在这种情况下，你更应该具有准确的判断力，认准自己的职业目标，把手头的工作做好，避免心浮气躁被流言打败，更不要传播他人的流言。

▌经典案例

在小李进入公司的第三年，他遭遇了一个流言危机。公司里所有人都在传："他之所以能爬得这么快，完全是因为老总的女儿看上他了！"

起初小李还浑然未觉。见到每个同事时，他依旧热情微笑，却不知道他们在他背后议论纷纷。但没过多久，流言终于还是传到了小李耳中。与一同进入公司的其他同事比起来，小李的升职之路确实比较顺畅，但这绝不是因为老总想把他招为"驸马"。小李和老总的女儿的确有过一段时间的来往，但绝不是交往。之前，他们只是经常在一起探讨聂绀弩的杂文，更何况老总的女儿早就有了心仪的对象。其实，老总重用小李，完全是因为小李工作能力优秀——小李是报社里公认的"第一笔杆子"，另外他性格好，待人也随和。为什么流言一出现，这些事实马上就被同事们忽视了？

到底是选择沉默还是奋起反抗？一向温和的小李做了很久的思想斗争。最后他决定不能再让流言恣意泛滥，因为这是对自己能力的侮辱。在周一的例会上，领导发言结束，小李站了起来，他要说出自己内心的想法。迎着那些或是看热闹、或是嘲笑的目光，他坚定地说："我本想着'沉默是金'，但现在发现沉默有时候起不到什么作用。所以，我选择为自己说几句话。我只是在努力做好自己的工作，同时也想做个善良的好人。如果我得到了一些提拔和赞赏，我相信那是领导对我工作和做人的肯定。如果大家对我的工作有什么意见，我非常欢迎你们提出来，但请用公开和公正的方式。"

周围一片安静，但过了几秒，有人带头鼓掌，很多人大声喝彩："好样的！"之后，再没有人谈论这个谣言，小李又有了一个舒心的工作环境。

和市场一起成长：
做最好的营销者

对老虎发命令
——市场永远是对的

古时候，一个人奉旨到荆州任县官，百姓前来请愿，说山上的老虎经常出来害人，亟须除掉。县官听后，命人将一道驱逐令刻在了山顶的岩石上，上面写着将老虎逐出荆州。凑巧的是，那只老虎刚好跑到其他地方捕食去了。县官见老虎没出现，于是很得意，认为自己那道命令起了作用。

不久，他再次被调任，来到一个新地方。此地民风不善，百姓经常争强斗狠，很难管理。这个人就想起自己曾经的那道"驱虎令"，于是决定依样画葫芦，用对付猛虎的方法来镇住这些百姓。于是，他派衙役前往荆州，将山上的石刻描摹回来，做了个一模一样的摆在了城门口。

结果显而易见：命令毫无作用，那些暴民反而从此事中看出了县官的愚蠢，于是更加猖獗。这个县官也因办事不力被上级责备，很快丢了乌纱帽。

职场箴言

每个成功的营销者都有一个属于自己的金点子，也正是这个金点子带给他们财富和荣耀。但金点子不是永恒适用的，一旦环境发生了改变，它就可能失去原有的光泽。譬如说一个曾经很有效的营销策略，却无法用来满足所有产品的营销，如果强行使用，只能以失败告终。因此，准确把握市场环境，迅速地制订出最有效的策略是一个优秀营销者的首要任务。

经典案例

在饮料行业，可口可乐一度是市场的主导者，掌握着全球大部分市场。相对可口可乐，百事可乐起步较晚，市场份额较小。为了能在可口可乐占领的市场上分得一杯羹，百事可乐经常针对市场改变自己的营销手段。

20世纪30年代，经济恐慌席卷了西方社会，针对消费者的"价格敏感症"，百事可乐推出了一款新包装——价格与可口可乐6.5盎司的产品一样，容积却是它的近2倍（12盎司）。尽管百事可乐是靠降低原料成本来压低售价的，消费者们却并不在乎，因为在那种社会环境下，数量比质量更有吸引力。如此一来，"同样价格，双倍享受"的百事迅速占领了饮料消费市场，硬是将可口可乐的销量压缩了3%，将自己的销量一举提高了12%。1955年，在巨大的竞争压力下，可口可乐也展开了反击——先后推出了10盎司、12盎司和16盎司的包装。但此时，百事可乐已经发展壮大，足以与可口可乐相抗衡了。

完美的厕所
——顾客最重要

有一户人家，住在市镇与市镇之间的路上，以种菜为生，经常为肥料不足而感到痛苦。有一天，这家的长者灵机一动，说："在这条路上来来往往的人很多，如果能在路边盖一个厕所，一方面给过路的人方便，另一方面也解决了肥料的问题。"于是，他发动全家用竹子和茅草盖了一间厕所，果然，来往的人无不称便，而他家种菜的肥料也从此不缺，青菜萝卜等都长得很好。路对面有一户人家，也以种菜为生，见此情形非常羡慕，心想：我也应该在路边盖个厕所。为了吸引更多的人来上厕所，我应该把厕所盖得美观而又豪华。于是，他用上好的砖瓦搭盖，内外都贴上上好的瓷砖。盖好之后，厕所不仅面积大，而且非常漂亮，他觉得非常满意。

奇怪的是对面的茅厕依然人来人往，而他盖的厕所却无人问津。他问了过路人，才知道因为自己的厕所盖得太美了，人们还以为是神庙呢，内急的人当然是跑茅厕，而不会进神庙。

职场箴言

营销的关键就在于围绕客户展开一系列工作，成功营销的首要条件就是抓住客户需求心理，及时调整营销策略。如果对手先于你抓住了市场主动权，那么你就会变得很被动，如果你再抓不住顾客的心理，那么结果只能是一败涂地。因此，作为一名营销工作者，需要对客户的心理有一定的了解，并妥善处理与客户的关系。

经典案例

1985年，可口可乐公司推出了一款改进口味后的新产品，总裁罗伯特·戈伊苏埃塔同时宣布：这款新产品将以"coke"的名字打入全球饮品市场，并彻底取代传统的可口可乐品牌，而可乐产品的原始配方、配料将被永久封存在亚特兰大的一家银行里。在发布会上戈伊苏埃塔将这种新产品定义为可口可乐公司历史上的重大进步，并对市场前景充满了信心。4月，"coke"正式投入销售，却收到了与预期完全相反的效果。很多忠实的消费者非常怀念可口可乐，就像怀念一位老朋友那样强烈，以至于大家将矛头全部对准了可口可乐公司。大量群众在公司总部外举行抗议，甚至提起诉讼，要求可口可乐纠正这一错误决定。7月，公司在重压之下做出回应：老产品不会永久退出，而是换成"经典可口可乐"的品牌重新包装上市。至此，轰轰烈烈的"coke"仅持续了不到3个月就销声匿迹，成为可口可乐历史上尴尬的一笔，而造成这种尴尬的原因正是企业对消费者心理的错误把握。

宋人秘方
——挖掘产品的最大价值

　　古时候，宋国有一族人善于制造一种药，这种药冬天擦在皮肤上，可使皮肤不干裂，不生冻疮。这一族人靠着这个秘方，世世代代做染布的生意，日子倒也过得充足殷实。后来有个前来买布的商人知道了此事，于是出重金买下了这个秘方。

　　当时吴越两国是世仇，不断交兵打仗，这个商人便将此秘方献给吴王，并说明其在军事上的用途。吴王得知秘方后大喜，便在冬天发动水战。吴军士兵涂上了药粉，不生冻疮，战斗力极强，而越国士兵仓促应战，加上大部分士兵都患上了冻疮，战斗力大为减弱，最终大败而归。吴王重赏了献秘方的商人，赐给他一大块土地。这个商人从此大富大贵，再也不用辛苦地贩卖布匹了。

■ 职场箴言

　　这张秘方如果一直保存在宋国人手里，就只能是民间普通染布作坊的常备药品。而它到了商人手里，却变成了争夺天下、保土开疆的功臣。宋国人依靠秘方，不过是做着小本买卖；商人依靠它，却变得大富大贵。因此，我们可以得出这样的结论：对于一名营销人员来说，只有实现了产品的最大价值，自己才能获益最大。

经典案例

香水是现代人生活中常常会用到的一种化妆品。香水的本质并不是用来改变体味的芳香剂，而是一种时尚艺术、流行文化有机结合的产物。不同的香味代表了不同的含义，它们给人类献上了一道奇妙的嗅觉盛宴。因此，香水成了全球时尚男女的宠儿，在化妆品市场中拥有不可动摇的地位。

Chanel品牌的NO.5香水就是这个行业中的不朽传奇。在上世纪初期的巴黎，由加布里埃·香奈儿女士创立的Chanel已经成为世界时尚服饰领域独树一帜的企业了。一次，香奈儿女士从香水大师Ernest Beaux先生调配的几款样品中挑出了一支标号为"5"的香水，原因有两个："5"是她的幸运数字，5号样品的味道最让她心动。1921年5月25日，在Chanel品牌的第五场时装发表会上，这款被命名为NO.5的香水问世了。它是Chanel品牌的第一支香水，也是世界上第一款在电视上发布广告的香水。

这款香水属于花香型，灵感来自盛开的花朵，用自然清新的花香混合出一种优雅奢华的气息。这款产品代表了女性大胆解放心灵、追求自由的精神，打破了香水的传统意义，引入了文化和艺术的元素。产品设计符合Chanel品牌的一贯风格，简约大方，流畅伶俐的线条，白底黑字，显示出一种高贵优雅的品位。直到数十年后的今天，Chanel NO.5仍然是香水中无法取代的"女王"。

有着如此耀眼的光环，世界上恐怕没有人敢将它当作一瓶单纯的"增香剂"。

美酒变酸酒
——别把顾客挡在门外

　　古时候，有一个宋国人以开酒馆卖酒为生。他酿造的酒口感醇厚，回味悠长，而且他为人忠厚老实，做起生意童叟无欺。这个人每天都要把酒旗挂得高高的，把酒馆收拾得干干净净，然后等待顾客上门。可是，小店总是冷冷清清。时间长了，卖不出去的酒竟然变酸了，不得不倒掉。

　　这个人感到很委屈，就去找一位有见识的长者解惑。老人说："大家不买你的酒，不是因为你的酒不好喝，而是因为你门前的狗太凶了，没人敢靠近。"

职场箴言

　　从经营上看，宋国的卖酒人做得还是很到位的，但是因为养了一条凶猛的狗把生意搞砸了。在营销中，狗猛酒酸的道理比比皆是。许多营销人员漠视顾客的感受，或戴着有色眼镜看人，或不注重营销细节而使自己错失顾客。如此一来，销售业绩怎么会好呢？

经典案例

　　一位家庭主妇在连续3年的时间里，每星期都会到离家一个街区的超市购买全家的日常用品。有一次，店里新来的服务员态度不好，让她有些生气，就再也没有来这儿买过东西。12年过去了，妇人重新来到了这家超市，要求见老板一面。老板知道后，亲自热情地接待了她，专心地听她讲述了自己不再来这里购物的原因，并诚恳地向她道了歉。送走这位女士后，老板开始动手计算自己在这12年中的损失：每周少收入25美元，一年损失1300美元，那么12年一共要损失掉15600美元；如果这位女士在这些年中向家人、朋友或邻居提起这件事，无异于扩大了负面影响，让她损失了更多的潜在客户。

这些数字可以清楚地表明：营销人员很有可能因为一个很小的失误而造成巨大的损失。因此，作为营销人员的你要重视每一位客户，重视每一个细节，尽量做到完美，让每一位顾客都感到满意，这样才不会把顾客挡在门外。

驼鹿与防毒面具
——挖掘市场需求

有一个推销员，以擅长推销闻名。比如，他能把牙刷卖给牙医，把面包卖给面包师，把电视卖给瞎子。不过，有一天，他的一个朋友说："只有你把防毒面具卖给驼鹿，我才真正佩服你。"于是，这位推销员来到驼鹿生活的森林，准备推销防毒面具。有一头驼鹿正在森林边散步，他赶紧上前打招呼，说："你好！我想你一定需要一个防毒面具。"

"这里空气清新，我要防毒面具干什么？"驼鹿说。

"不，你会发现你确实需要一个防毒面具，而且这里其他的驼鹿也需要。"

"很遗憾，我不认同你的话。"

"请稍等，"推销员说，"我会证明给你看的。"说完，他就开始在驼鹿居住的森林里建工厂。"你是不是疯了？"他的朋友问他。这个推销员回答道："当然没有，我这样做只是想把防毒面具卖给驼鹿。"

工厂建好后，推销员马上将其投入使用。结果，滚滚的废气从工厂的大烟囱中冒出来，森林变得乌烟瘴气。时间不长，驼鹿就找到推销员，说："你还卖防毒面具吗？我现在需要一个。"

"太好了，我正等着你来呢！"推销员便卖给了驼鹿一个防毒面具。

"这个东西不错啊！"驼鹿夸赞说，然后又问，"你还有更多的防毒面具吗？别的驼鹿现在也需要。"

"你真是幸运，我这里还有很多呢！"

"不过，我很想知道你的工厂生产什么产品。"

"防毒面具。"推销员回答道。

职场箴言

营销人员都明白，有需求才有市场。不过，在某些时候，产品是先于顾客需求而产生的。也就是说，在某种产品被制造出来后，顾客认可它，并觉得有购买的需要，这才有了需求。所以说，一个好的营销人员并不是一味等有了市场后才去推销产品，而是懂得如何创造并挖掘市场需求，拓宽产品的销售市场。只有根据社会发展情况挖掘市场需求，才能为自己的产品打开最广阔的销路。

经典案例

美国克莱克玩具公司因经营出现困难而濒临破产。虽然连换了3个总经理，但公司没有丝毫起色。第四个总经理史密斯先生上任后决定改变公司产品结构，研制新的玩具。但是，研制什么样的玩具呢？经过一番思索，他决定生产一种有"生命"的布娃娃。史密斯先生想：有一些父母会领养一些孩子，这是一种大爱。如果生产出有"生命"、有"感情"、有"个性"的布娃娃，让小孩子们"领养"，那么就有助于培养他们的爱心和责任感，这样的产品一定能打开市场。在确定了生产方向后，克莱克公司还找到了众多知名的儿童心理学家、儿童医学专家、儿童早期教育工作者，让他们参与到娃娃的设计和生产中。

最后，这种生产出来的布娃娃被命名为"椰菜娃娃"，它不像普通的布娃娃那样被摆在货架上，而是被放置在了小婴儿床里，身上还有出生证明，上面详细地记载了娃娃的姓名、性别、出生年月、出生地点。小孩子需要办好"领养"手续之后才能把娃娃抱回家。

1983年，"椰菜娃娃"投入市场，立刻就成了畅销玩具，在不到半年的时间里就卖出了300万个。全国上下掀起了"椰菜娃娃"热。很快，"椰菜娃娃"就成了"爱"和"责任"的代名词。美国克莱克玩具公司也借此起死回生，一跃成为美国著名的玩具生产公司。"椰菜娃娃"的成功使营销学者认识到，"创造市场"的时代已来临。

两个推销员
——市场就在眼前

有两家鞋业制造公司，他们各自派出一个推销员去一个岛国推销自己的产品。这两个推销员一个叫杰克，一个叫汤姆。巧的是，二人同时踏上了这个岛国，惊讶地发现：这里的人全都光着脚，不管是平民百姓，还是皇戚贵族。

当天晚上，杰克给老板发了一封电报，里面写着："天啊，这里的人从不穿鞋，他们甚至不知道鞋子是何物，还有谁会买鞋子呢？我立刻回去另开市场。"汤姆也向老板发了一封电报，里面写着："真是太好了，这里的人都不穿鞋！此地市场巨大，我准备常驻此地，请公司做好赶工的准备。"

一年后，岛国上的人都穿上了汤姆公司生产出来的鞋子。

职场箴言

在职场中，很多营销人员都抱怨现有市场已经饱和，而新市场难以开拓。但实际上，市场就在你面前，只是你没发现而已。要记住，市场无处不在，只有有发现市场的眼光和头脑，才能在激烈的营销竞争中立于不败之地。

经典案例

海尔在开拓海外市场时曾遇到一块难啃的骨头，即巴基斯坦市场。

当时，人们普遍认为，巴基斯坦经济发展水平比较低，全国电力不足，停电是司空见惯的事，家电在这里不可能有市场，所以，最好不要在这里白费力气。

但是，海尔生产出来的冰箱在巴基斯坦非常受欢迎。原来，这款冰箱冷冻、冷藏效果非常好，即使经常断电，冰箱内的东西也不会化掉。巴基斯坦的电压比较高，而这款冰箱能够抗高压。不仅海尔的冰箱受欢迎，同样，海尔的洗衣机也很受欢迎。原来，海尔调研人员发现，巴基斯坦家庭人口较多，平均每家有12口人，而且他们都穿阿拉伯式的大袍子，依照国际标准生产的洗衣机根本无法满足他们的需要。针对这种情况，海尔开发出了双动力洗衣机，一次洗15件大袍子也没问题。

海尔成功的事例可以说明，市场就在眼前，关键是你要有发现的眼光和头脑。

蛹和蝶
——有创新的勇气

一只蝴蝶在花丛中翩翩起舞，一只蛹看见了，心生羡慕之情，于是问蝴蝶："我能否像你一样在蓝天下飞舞？"

蝴蝶说："当然可以，不过你得做到两点：第一，你内心十分渴望像我一样飞舞；第二，你得有脱离你那安全、舒适巢穴的勇气。"

蛹就问蝶："这对我来说，岂不是意味着死亡？"

蝶告诉蛹："对一只蛹而言，那的确意味着死亡，可是，对一只蝴蝶而言，那意味着新生。"

职场箴言

这则寓言讲了一个生命升华的道理，以此意喻营销是非常恰当的。在营销行业内有一句流传很广的话："营销人就是从事创造性破坏的那些人。"的确，营销需要创新，创新就得有破坏，甚至破坏自己一手建造起来的大厦。能否成为一个成功的营销人，就要看我们是否有勇气像寓言中的蛹一样，打破我们赖以生存的基础，创造性地寻找新的发展思路。

经典案例

在中国，已经有越来越多的学生患上近视。教育部在2002年发布的学生体质健康监测数据表明，小学生的视力不良率约为27%，初中生的视力不良率大于53%，高中生的视力不良率竟然高达72%，这一数字在大学生中是78%。可以说，预防近视的市场是巨大的。经过一番调查，向上科技发现，中国学生每天的学习时间长，而且坐姿不良，因此才容易患上近视。那如何矫正学生的坐姿呢？向上科技打起了课桌的主意。

他们放弃生产平面课桌，而是改为生产斜面课桌。这是一种全新的课桌，可以预防近视和驼背，还能提高学生的学习效率。因为这种斜面课桌能让学生在学习的时候与书本保持适当的距离。课桌上还增加了托肘板，可以消除学生因为学习时间长、双臂悬空所带来的疲劳感。课桌的桌面是凹进去的，能迫使学生在学习时直起腰来。这种课桌推出后，大受欢迎。

这种斜面课桌火起来之后，跟风者众多。但是，向上科技起步最早，早已成为学习桌行业第一品牌，成为众多顾客的第一选择。而且，向上科技还不断推陈出新，开发新产品。他们注意到：越来越多的家庭开始为自己的小孩购买电脑，而且，不管是大人还是小孩，上网的时间越来越长。因此，他们又推出了能够缓解疲劳、保护视力的"健康电脑桌"。产品一经上市，便广受欢迎，向上科技又开辟了一个崭新的市场。

狐假虎威
——借力营销

　　在一座山上，有一只老虎，非常威风。一天，它肚子饿了，于是去山下的森林里寻找食物。这时，一只狐狸出现在老虎的视线中。老虎纵身一跃，一把抓住了这只狐狸。正当它准备把狐狸送进嘴里时，狐狸说话了："且慢，你不要仗着自己是森林之王，就想吃掉我。也许你还不知道，天神已经任命我为王中之王了。谁要胆敢吃我，就会遭到上天可怕的惩罚。"起初，老虎并不十分相信狐狸的话，可是一看狐狸无畏的眼神、傲慢的样子，又有几分相信了，于是迟迟下不了口。

　　狐狸见此情形，知道自己的一番话起作用了。于是，它装出一副更加神气的样子，竟然指着老虎的鼻子大声说："还不放开我！如果你不相信我的话，那你就跟我在森林里走上一趟。你跟在我后面，看看是不是所有的动物看见我后都吓得四散而逃。"老虎想了想，觉得这是一个办法，于是放开狐狸，让它在前面带路。

　　就这样，狐狸大摇大摆地走在前面，老虎跟在后面。没走几步，它们就发现有一群小动物正在玩耍。那些小动物一见狐狸身后的老虎，吓得马上就逃跑了。见此情形，狐狸得意地回头看了老虎一眼，意思是在说："这下你相信了吧？"老虎心里一惊，因为害怕被上天惩罚，于是只好放了狐狸。

营销的最高境界是什么呢？是借力营销。何为借力营销？借力营销就是大力借助外部力量，为自己的营销活动搭桥铺路，让其变成促进自己营销事业发展的助推器，就像寓言中的狐狸一样，借助老虎的力量为自己树立威风的形象。当然，借力营销并不能简单借力，借助他人力量之后还需不断完善自己。如果只是一时借力，而缺乏日后的努力，那么营销只能以失败告终。

经典案例

20世纪中期，在美国黑人的化妆品市场上，占统治地位的是美国佛雷化妆品公司的产品。当时，约翰逊黑人化妆品公司才刚成立，总共只有3名员工，资产不过500美元。但是，老板约翰逊集中全部力量研制出了一种粉

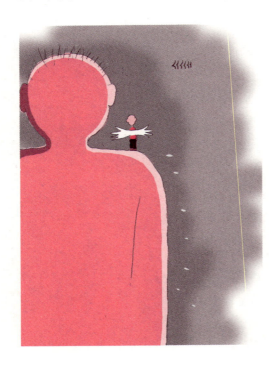

质霜。在把它推向市场的时候，约翰逊选了一段宣传语：

"你使用佛雷化妆品之后，再抹上一层约翰逊公司生产的粉质霜，你的皮肤就会有惊人的改变。"

此宣传语一出来就遭到了众人的嘲讽，包括对手佛雷公司。在这些人看来，约翰逊是在花自己的钱为别人做广告，这是一种愚蠢的行

为。不过，约翰逊并不这样认为，他说："现在，没有人知道我是谁，可是如果我站在美国总统身边，我的名字就会传遍美国。同样的道理，如今，并没有人知道约翰逊化妆品，可是佛雷化妆品大名鼎鼎，众人皆知。我的产品能和它的名字出现在一起，表面上是在捧佛雷公司，但实际上是抬高了自己的身价。"

事实证明，这招营销策略很灵，消费者很快就接受了约翰逊化妆品。约翰逊打开产品市场后，又研制了许多新产品，经过一系列宣传推销，公司发展越来越好，最终超越了佛雷公司。可以说，在约翰逊公司发展壮大的过程中，借力营销功不可没。

书目